일단, 학원물

눈맞춤작가단 단편집

해변 위, 폭죽

박시연

1. 초류솔

내가 알던 류솔은 그런 애가 아니었다. 그가 동성애자인 걸 대충 눈치채고 있었지만, 그 상대가 나라는 게 당황스러웠다. 처음엔 단순한 착각인 줄 알고 내 행동을 조심했었다. 처음엔 어려웠지만, 나중엔 익숙해졌다. 그렇게 우리 사이는 어느 정도 멀어졌다.

◎

고등학교 입학식, 난 류솔과 같은 반이 되었다. 처음엔 조금 어색했다. 방학 때 거의 연락을 안 해서 류솔과 대화하고, 다니는 것이 어색했다. 그래서 처음엔 다른 친구들과 몰려다녔지만, 점점 류솔이 익숙해져서 몇 주가 지나고서야 같이 다녔다. 내가 갑자기 다가오는 게 어색했던 류솔은 조금 긴장한 듯이 다니기는 했지만 금세 적응하고 예전처럼 지냈다.

류솔은 나랑 적당한 선을 두었고, 날 좋아하는 사람처럼 행동하진 않았다. 어느 정도 날 포기했다고 느꼈다. 그래, 단순한 착각.

　우리는 새 학기에 적응해 나갔고, 류솔의 마음이 정리된 게 느껴졌다. 그러면서 내 사랑이 시작되었다. 같은 반의 여자애, 류솔의 친구를 좋아했다. 그렇기에 류솔에게 그 애에 대해 계속 물어봤다. 그럴 때마다 류솔은 열심히 대답해 줬다. 나는 류솔의 표정이 좋지 않다는 것을 알았지만, 그렇게 신경 쓰지는 않았다. 이제 날 좋아하지도 않는데, 내가 류솔을 신경 써야 하는가? 어차피 나한테 남은 마음이 없는데.

◎

- 솔, 오늘 점심 맛없는데 매점에서 라면 먹자
- 뭐 나오는데?
- 가지나물, 도라지 오징어무침 등등
- 매점 가자, 오늘 급식 왜 이래
- 나 요즘 해영이랑 잘돼 가는 듯
- 진짜? 다행이다
- 요즘 너무 행복해. 진짜 다 네 덕이야

　순간적으로 네 표정이 안 좋아지는 걸 느꼈어. 그래도 어떡해, 우린 이미 글러 먹었는데.

- 나중에 맛있는 거나 사라
- 당연하지, 그 뭐였지? 산도? 그거 사줄게

　　　　　　일단, 학원물

- 산도는 기본이고, 와플 사줘
- 돼지냐? 내 지갑 거덜 내려고 작정했네
- 내가 너한테 준 정보가 얼만데
- 하긴 맞긴 해

그 애 얘기면 항상 네 얼굴은 그늘진 듯 어두워졌어. 설마 아직도 날 좋아하는 거야? 정말? 아직도 포기를 못 한 거면 난 좀 당황스러운데. 도대체 날 언제 놔줄 거야, 네가 계속 이러면 나도 힘들어.

- 그래서 뭐 사줘?
- 기다려봐. 고민 좀 하게
- 먹고 싶은 게 얼마나 많으면 지금까지 고민하냐?
- 산도? 파르페? 골라봐
- 파르페. 나 그거 안 먹어봤어
- 그럼, 파르페 먹으러 가자!

아까와 다르게 넌 먹을 거 얘기면 금세 얼굴이 풀렸어. 먹을 게 그렇나 좋나? 널 몇 년을 봤지만, 아직도 의문이다. 그래도 그늘진 얼굴보다는 웃는 류솔의 얼굴이 더 좋다.

◎

류솔과 이런저런 얘기를 하면서 오니 우리는 벌써

가게 앞에 도착했다. 넌 자연스럽게 가게 안으로 들어가서 사장님과 인사를 나눴지. 난 그 모습을 익숙하게 바라보고 네가 좋아하는 창가 자리를 잡았지. 너는 총총걸음으로 내가 잡은 자리로 가서 창가와 가까운 자리에 앉아서 책을 꺼내 읽었지.

- 그거 또 읽어?
- 응, 이게 얼마나 슬픈데
- 너 새드엔딩 좋아한다고 했지? 그 책도 그래?
- 새드인줄 알았는데 해피야. 근데도 슬프고 좋아서 계속 읽고 있어
- 그래? 어떤데?
- 남주가 처음에는 다른 여자를 좋아했는데 점차 여주를 좋아하게 되면서 결국엔 여주랑 사귀어
- 조금 뻔한 마무리네. 그래도 좋아?
- 응, 평생 사랑할 거야
- 그래, 평생

그 책의 결말을 말하던 내내 너의 표정은 어딘가 모르게 씁쓸한 설탕 같았어. 겉으론 달아 보이는데 안쪽은 씁쓸해 보였지. 그럼에도 넌 남들에게 계속 겉으로단 설탕을 보여줬어. 나에겐 여전히 씁쓸한 설탕이었고.

- 근데 넌 내가 왜 좋아?
- 갑자기? 옛날얘기를 왜 꺼내

  일단, 학원물

- 아니, 그냥 궁금해서
- 아무리 너라도 말 안 해
- 알겠어, 괜히 물어봤네. 미안

몇 분의 정적 이후엔 네가 시킨 파르페가 왔어. 근데 항상 네가 먹던 생크림 파르페가 아니라 과일 파르페였어. 그것도 내가 좋아하는 복숭아. 이건 무슨 의도야? 왜 내가 좋아하는 거로 시키는 거야?

- 웬일로 과일 파르페를 시켰어?
- 그냥, 생크림 많이 먹어서 질려. 그리고 복숭아가 제철이어서 시킨 거야
- 그래? 많이 먹어
- 넌 안 먹게?
- 응, 파르페 안 당겨
- 그럼 내가 다 먹는다?
- 너 다 먹어

아까와는 다르게 파르페를 먹는 네 모습을 보면 아무 근심 걱정 없어 보여. 왜일까, 네가 아무 생각 없이 웃을 때마다 기분이 이상했어. 예전에도 보던 모습인데 왜 이상하게 느낄까. 설마 내가 너를 좋아하나? 설마, 아닐 거야. 나한텐 그 애가 있는데.

◎

그 후로 며칠이 더 지났어. 난 그 애와 여전히 연락했고, 따로 만나기도 했어. 근데 요즘은 그 애를 만나도 즐겁지가 않아. 왜지? 그 애가 아닌 너랑 있으면 왠지 모르게 좀 더 잘 보이고 싶고, 좀 더 날 신경 쓰게 돼. 네가 날 좋아할 때도 이랬어? 항상 애타는 마음으로 날 봐왔냐고.

2. 서진해

처음엔 단순한 나의 착각인 줄 알았다. 나 자신이 같은 남자를 좋아하는 것도, 그 상대가 나의 오랜 친구인 줄은 몰랐다. 그래서 다가가는 걸 꺼렸고, 진해도 내가 오해할 만한 행동들을 줄였어. 처음엔 서운했지만 이젠 익숙했지.

그렇게 우리의 사이는 자연스레 멀어졌어. 중학교 졸업하고 긴 겨울 동안 널 만나는 일도, 너의 연락도 없었지. 솔직히 말해서 좀 서운했어. 아무리 그래도 그렇지, 어떻게 연락 한 번을 안 할 수 있어? 최악이야.

　　　　일단, 학원물

고등학교 입학식, 진해와 같은 반이 되었다. 처음엔 모른 척을 했다. 방학 동안 거의 연락을 안 한 것도 있었고, 이젠 너랑 친구로도 못 지낼 것 같다는 생각이 들었어. 반으로 들어가서도 널 모른 척했어. 너도 나와 친구도 아닌 사이인 것처럼 행동하더라? 속으로 진짜 끝이구나 싶었어. 너 없이도 잘 살 수 있고, 친구도 많으니까 상관없어.

그렇게 몇 주가 지났어. 초반에 비해 너랑 대화하는 횟수가 늘었고, 우리 사이는 예전처럼 돌아오기 시작했어. 처음엔 널 어색하게 대했는데 점점 익숙해지더라. 근데 네가 희한한 얘기를 하는 거 있지? 갑자기 네가 해영이를 아냐부터 걔랑 친하냐, 뭘 좋아하는지 등등… 별 이상한 얘기를 하는 거 있지? 네가 해영이를 좋아하는구나 싶었지. 근데 넌 그걸 나한테 물어보냐? 내가 너 좋아하는 걸 알고 있으면서 어떻게 딴 여자 얘기를 나한테 하냐고, 처맞을래? 생각해 보니까 어차피 너한테 고백해도 못 사귀는 데 그냥 다 알려줬지. 해영이가 뭘 좋아하는 지, 뭘 싫어하는 지 등등. 최대한 자연스럽게 알려줬지, 근데 아니었나 봐. 너는 내 앞에서 해영이에 관한 얘기를 줄이기 시작했어. 상관없는데, 내 표정이 문제였나?

오늘은 유난히 급식이 맛없는 날이었어. 가지나물, 도라지 오징어무침… 메뉴들을 보고, 오늘은 그냥 점심 안 먹어야겠다 싶었지. 근데 네가 먼저 매점에 가자는 거야.

- 솔, 오늘 점심 맛없는데 매점에서 라면 먹자

뭐야, 갑자기? 왜? 그렇지만 여기서 거절하면 분위기가 이상해지니까 떠보기라도 하자.

- 뭐 나오는데?
- 가지나물, 도라지 오징어무침 등등
- 매점 가자, 오늘 급식 왜 이래

오늘 급식이 뭔진 알았지만, 그래도 모르는 척을 하고 같이 매점을 향하고 있었는데, 네가 갑자기 해영이 얘기를 꺼내는 거 있지?

- 나 요즘 해영이랑 잘돼 가는 듯
- 진짜? 다행이다
- 요즘 너무 행복해. 진짜 다 네 덕이야
- 하하, 그래…

왜 계속 해영이 얘기야, 기분 좆같게. 아, 맞다. 표정 관리. 솔직히 말해서 이건 네 잘못이야. 넌 계속 김해영 얘기뿐이잖아. 내가 아무리 김해영이랑 친해서 이어주려는 것도 있지만, 넌 맨날 김해영이잖아. 나는? 나는 왜 생각 안 해줘? 솔직히 말해서 김해영 너 안 좋아해. 그냥 내 친구니까 만나주는 거래. 너도 가능성 없어.

너랑 매점에서 대충 점심을 때우고, 오후 수업을 들었어. 너는 항상 그랬듯이 5교시에는 졸고, 쉬는 시간

　　　　　　일단, 학원물

이면 김해영을 만나러 갔지. 도대체 김해영의 어디가 좋으면 저렇게 만나러 가는 거지, 아직도 의문이다. 김해영보단 내가 낫지 않나. 아니, 이건 또 무슨 미친 생각이야? 나 설마 아직도 서진해 못 잊은 거야? 와, 초류솔 미친 새끼.

◎

　고등학생이 되면 한 번쯤 해보고 싶었던 것, 야자 째기. 그래서 지금 해봤다. 서진해랑. 서진해의 17년 중에서 제일 큰 일탈이라곤 말하지만 내 알바냐고, 네가 나 카페 데려가겠다는 약속을 하지 말던가. 존나 맛있는 파르페 카페 가서 개존맛 과일 파르페 먹어야지.

　카페 안으로 들어가자, 너는 햇빛이 잘 드는 구석진 창가로 가서 자리를 잡고 나한테 와서 뭘 먹을 거냐고 물어봤어.

- 뭐 먹게?
- 기다려봐, 고민 좀 하게
- 카드 줘. 계산하고 올게

　너랑 한 내기에서 내가 이겨서 얻은 파르페, 생각만 해도 신나서 총총걸음으로 네가 잡은 자리에 앉아서 책을 꺼냈지. 언제 읽어도 슬픈 사랑인 척하는 행복한 사랑 책.

　- 그거 또 읽어?
　- 응, 이게 얼마나 슬픈데
　- 아, 너 새드엔딩 좋아한다고 했지? 그 책도 그래?
　- 새드인줄 알았는데 해피야. 근데도 슬프고 좋아서 계속 읽고 있어
　- 그래? 어떤데?
　- 남주가 처음에는 다른 여자를 좋아했는데 점차 여주를 좋아하게 되면서 결국엔 여주랑 사귀어
　- 조금 뻔한 마무리네. 그래도 좋아?
　- 응, 평생 사랑할 거야
　- 그래, 평생

우린 서로 익숙하게 각자 할 일을 하고 있었고 네가 먼저 입을 열었어.

　- 근데 넌 내가 왜 좋아?

시발, 갑자기? 아까부터 이 새끼 왜 이래.

　- 갑자기? 옛날얘기를 왜 꺼내
　- 아니, 그냥 궁금해서
　- 아무리 너라도 말 안 해
　- 알겠어, 괜히 물어봤네. 미안

이러곤 몇 분의 정적이 흐르고, 주문한 파르페가 나

　　　　　일단, 학원물

오고 넌 가만히 날 쳐다봤어. 설마 복숭아로 시켰다고 그러는 거야? 나도 복숭아 좋아해, 새꺄. 정확하겐 네가 좋아해서 나도 좋아하는 거지만.

- 웬일로 과일 파르페를 시켰어?
- 그냥, 생크림 많이 먹어서 질려. 그리고 복숭아가 제철이어서 시킨 거야
- 그래? 많이 먹어
- 넌 안 먹게?
- 응, 파르페 안 당겨
- 그럼 내가 다 먹는다?
- 너 다 먹어

이 새끼 진짜 왜 이래? 매점에서 뭘 잘못 먹었나? 표정이 무슨 지 혼자 세상 진지해, 그냥 파르페 먹는 것뿐인데. 설마 내가 진짜 다 먹으려고 해서 그런가. 서진해가 이 정도로 쪼잔한 애는 아닌데, 진짜 뭐지.

◎

머칠이 더 지나고 너는 간간이 그 애에 대해 말하더라. 오늘은 어땠고, 저 날은 저쨌고. 그냥 똑같았어. 평소대로 얘기도 나누고, 밥도 먹고. 근데 네 표정은 어딘가 애매했어. 어딘가 애타 보였고 긴장해 있었어. 나한테 잘 보이려는 느낌이 강했어. 도대체 요즘 왜 그

래? 설마 내가 좋아지기라도 한 거야? 이러면 내가 좀 곤란하다고, 어떻게 널 포기했는데 갑자기 네가 이러면 난 어떡하라고.

3. 미정

중간고사가 끝나고, 여유 시간이 생겼다. 그런데 내 마음의 정의는 끝이 나지 않았다. 난 항상 헷갈렸고, 매 순간이 애탔어. 내가 아닌 다른 사람과 있으면 내가 아닌 왜 그 애를 선택했는지, 하필이면 왜 그 애인지. 항상 머릿속이 복잡했지.

넌 그런 내 마음도 모르고 항상 그 애랑 같이 있었지, 그럴 때마다 난 항상 그 애를 떨어뜨리려고 노력했고, 넌 날 이해하지 못하는 표정으로 볼 때마다 난 마음 한편이 시렸어. 난 그저 너랑 같이 있고 싶어서 그런 건데 넌 왜 날 이해하지 못해?

난 그저…

아니, 잠깐… 나 애 좋아하나? 아닌데. 근데 내가 하는 행동은 애 좋아하는 것처럼 보일 수도 있잖아. 난 그냥 친구로 좋아하는 건데? 그냥 걔가 꼴 보기 싫어서… 이게 좋아하는 건가? 아닐 거야, 설마.

 일단, 학원물

◎

어느덧 여름이 찾아왔고, 매미는 시끄럽게 울어댔다. 우리의 관계도 매미처럼 시끄럽게 울어댔고, 너는 그 소리를 싫어했어. 넌 그 소리를 끄려고 했고 난 그럴 때마다 소리를 더 키웠지. 네가 소리를 끌 때의 표정은 지겨워 보였어. 난 그냥 너랑 같이 있고 싶은 게 다라고, 왜 자꾸 무시하는데? 그냥 눈 한 번 딱 감고, 나랑 같이 있으면 안 되는 거야? 아님, 내가 김해영이랑 끝을 안 내서 그러는 거냐고. 그러니까 내 마음 좀 알아주면 안 돼?

◎

몇 주가 지났다. 난 그사이에 김해영과 정리를 하고 너한테만 집중했다. 네가 싫어할 만한 행동은 줄였고, 네가 좋아하는 것만 했다. 네가 날 부담스럽게 보긴 했지만 그럼에도 계속했어. 그러다가 네가 한 번 잔소리 했지.

- 너 요즘 왜 그래?
- 내가 뭘?

- 네 행동 존나 부담스럽다고
- 엥, 왜?
- 왜라니, 생각 안 돼?
- 말을 왜 그렇게 해, 부드럽게 해줘~
- 부드럽게 말하긴 개뿔, 네 행동 하나하나 다 나한
테 맞춰주는 것 같아서 싫다고
- 아… 그럼 줄일게, 미안
- 됐어, 사과하지 마

그냥 여기서 끝낼까, 솔직히 말해서 너랑 함께하는
미래가 안 그려져. 어떡해? 난 너랑 항상 행복하고 싶
은데. 넌 아냐? 그냥 친구로만 남고 싶은 거야? 난 네
가 계속 날 좋아해 줬으면 좋겠어, 예전처럼. 그럴 일
은 없지만, 상상이라도 해보면 좋잖아? 아, 좀 변태 같
나… 그래도 난 네가 좋아, 솔아. 너랑 평생 행복하고
오래오래 살고 싶어. 그렇게 해 줄 수 있어?

◎

이제 곧 여름방학이고, 같이 바다에 가기로 우리는
약속까지 잡았다. 근처에 숙소를 잡아서 외박까지 하
고 싶었지만, 솔이 부담스러워할 것 같으니까 그 계획
은 금방 포기하긴 했다. 계속 너랑 한 단계씩 발전되는
것 같아서 행복해. 앞으로도 쭉 이러자, 솔아.

4. 여름방학과 바다 여행.

시끄러운 매미 소리, 10분만 걸어도 죽는 날씨. 정말 여름이 왔다는 걸 말하고 있었다. 우린 이 더위를 이겨내고 시외버스 터미널까지 걸어가야 했다. 왜냐고? 버스를 놓쳤으니까. 이 깡시골에서 버스를 놓쳤다? 그건 그냥 지옥이었다. 우린 이 찜통더위를 느끼며 걸어가야 했다. 하필이면 버스를 놓쳐서. 더위를 못 참는 솔이는 당장 택시를 잡자고 하겠지만 현재 위치에서 터미널까지의 거리는 애매하다. 그러므로 우린 정말 걸어가야 했다.

- 지금이라도 택시 타면 안 돼? 터미널 가기도 전에 통닭구이 되겠어
- 좀만 참아, 곧 도착해
- 그 말만 세 번은 들은 것 같아
- 이젠 진짜야, 곧 도착해. 3분이면 더 가
- 정말이지? 나 믿는다?
- 그럼 내가 거짓말을 하겠어?
- 할 것 같아

사실 3분이 아니라 10분이야, 미안해! 솔아. 그렇지만 여기서 10분이라고 말하면 네가 날 원망할 것 같아서 그랬어. 터미널 가서 음료수 사줄게…

3분 같은 10분을 이겨내고, 터미널에 도착했다. 터미널에 가자마자 시원한 물을 샀다. 물론 내가. 거짓말

을 한 대가이다.

　- 버스 몇 분 남았어?
　- 15분, 좀만 기다리자
　- 아아… 진짜 너무 더워…
　- 그러게, 부채라도 빌려줄까?
　- 부채가 있었어? 왜 말을 안 해!
　- 아악, 아파!

　솔이, 넌 역시 손이 맵구나… 다시 한번 느껴보네. 중학교 이후로 맞아본 적은 없었는데. 오랜만에 맞아서 그런가, 기분이 묘하네.

　- 야, 매미가 어떻게 우는지 아냐?
　- 맴맴 아냐?
　- 스피용스피용스피용
　- 뭐래, 미쳤나 봐
　- 아니, 진짜야! 네가 들어봐

　무슨 매미가 스피용스피용 울어…

　[스피용스피용스피용]

　미친, 진짜네. 이게 왜?

　- 내 말 맞지?
　- 그렇네…
　- 그것보다 우리 버스 몇 번이야?

　　　　　　　일단, 학원물

- 0412번, 저기 오고 있어
- 금방 왔네, 미리 타자
- 짐 챙겨, 부채랑

버스에 올라타고, 자리에 앉자마자 위에 달린 에어
컨을 바람이 오게 돌렸다.

- 바람 가?
- 아니, 좀만 더
- 가?
- 아니, 좀만 더 돌려봐
- 괜찮아? 더 돌려?
- 어어, 됐어. 딱 좋아
- 이제 나 해줘

너랑 이러면서 노는 것도 좋은데, 어떡해? 너한테
콩깍지 제대로 씐 것 같은데. 솔이가 나한테 장가와야
겠다. 빨리 바다 가서 솔이한테 물 뿌리고, 수박도 먹
고, 빙수도 먹고, 다 해야지.

- 피곤하면 자, 도착하면 깨워줄게
- 어차피 잘 거였어, 도착하면 깨워
- 푹 자

◎

드디어 바다, 꿈에 그리던 바다 데이트. 이 근처에 솔이 개인 별장이 있다는 소문이 돌던데, 진짠가.

아직 잠도 다 못 깬 채로 내 어깨에 기대서 풍경만 보고 있는 솔이 모습이 귀여워서 본능에 이끌려 냅다 사진으로 찍어버렸지, 뭐야. 근데 넌 그것도 눈치 못 채고 그냥 가만히 있더라? 그래서 아예 배경 화면으로 해놨지.

- 밥부터 먹자, 배고파 죽겠어
- 파스타 먹으러 갈래? 너 파스타 좋아하잖아
- 어디야? 빨리 가자, 진짜 죽을 것 같아
- 여긴 왜 이렇게 구석진 데에 있냐
- 그러게, 넌 뭐 시킬 거야?
- 난 명란 오일 파스타, 넌?
- 난 해물 로제 파스타, 마실 건?
- 복숭아 에이드, 보나 마나 넌 아이스티겠지?
- 맞아, 주문하고 올게. 기다려
- 근데 왜 우리 외박 안 해?
- 네가 굳이? 할까 봐
- 이 주변에 내 별장 있는 소문 들었지?
- 응, 들었지. 그게 왜?
- 거기서 자자, 버스 취소해
- 어, 그래…

          일단, 학원물

뭐지, 내가 말했으면 '아, 굳이? 그냥 당일치기하
자.' 했을 놈이. 왜 이렇게 적극적이야? 오히려 좋아.

　- 별장부터 가서 짐 놓고 다시 나와서 바다 가고 그
주변에서 저녁 먹자
　- 별장 여기서 멀어? 택시 부르게
　- 응, 택시 불러

택시를 부르려고 앱을 켜고 있는데 그 순간에 택시
가 보였다. 솔이 '택시-!'라며 부르는데 그게 좀 웃겼
다. 속으로 웃음을 참았다. 다행히 솔이가 눈치를 못
채서 망정이지. 걸렸으면 엄청 뭐라 했겠지.

　- 별장 진짜 크다
　- 작게 지어 달라고 했는데 크게도 했어
　- 그래도 뭐 어때, 넓으면 좋잖아
　- 너무 넓으면 청소하기도 힘들고, 방도 많아서 헷
갈린다고
　- 에이, 정원도 있고 좋잖아~
　- 정원도 다 관리해야 된다고!
　- 너랑 같이 있으면 그만이야
　- …뭐래

어, 얼굴 빨개졌다. 귀여워. 평생 내 것. 나만 보고
살아야지, 평생 내 옆에 둬서. 절대 안 보여줄 거야.

좀만 쉬다 나갈까, 지금 나가면 더울 텐데.

- 우리 좀만 쉬다 갈까?
- 그래, 어차피 지금 가면 사람 많아
- 나 좀만 잘 테니까 이따 나갈 때 깨워줘
- 너, 은근슬쩍 내 무릎에 눕는다?
- 아잉~
- 와, 미쳤나 봐

헤헤, 솔이 무릎 위. 존나 좋아. 맨날 이렇게 누워있고 싶다. 딱 해 질 때쯤 가면 엄청 예쁠 텐데. 그쯤 가자고 해야지.

- 우리 해질 즘에 가자, 바다 노을? 그런 거
- 알겠어, 얼른 자
- 머리 쓰다듬어줘
- 바라는 것도 많아, 싫어
- 어차피 해줄 거면서
- 몰라

봐봐, 이렇게 또 해주잖아. 항상 싫다고 해도 몇 분 있다고 해주면서, 맨날 앙탈이야. 귀엽게.

몇 시간을 자고 일어나니, 솔이가 날 흔들어 깨우고 있었다. 저 작은 두 손으로 어깨를 얼마나 열심히 흔들던지, 귀여워서 깨물어 주고 싶을 지경이다. 눈길을 돌려 창문을 보니 해는 어느덧 뉘엿뉘엿 지고 있었고 주황빛의 풍경이 들어왔다.

 일단, 학원물

- 야, 일어나. 바다에 가야지

- 으응… 양치만 하고 나가자. 화장실 어디야?

- 저기, 보여? 칫솔이랑 치약은 꺼내져 있어

- 응…

와, 얼마나 푹 잔 거야? 완전 거지꼴인데. 빨리 씻고 나가야지. 노을 지는 바다에서 낭만 있게 고백! 존나 멋져. 근데 차이면 어떡하지? 친구로도 못 지내면? 안 되는데… 그래, 일단 해보는 거야. 썩히는 것보다 내보는 게 나아.

할 수 있다, 서진해.

5. 고백할게, 솔아.

대충 입고 밖으로 나와 바닷가 주변을 걷는다. 바람이 불 때마다 나는 바다 냄새, 시끄러운 포차 소리. 시골에 비하면 엄청 시끄러운 소리다. 이런 소리를 오랜만에 들어보니 귀가 아플 지경이었다. 우린 최대한 걸어 바다의 끝까지 갔다. 그쯤으로 가니 사람보단 바위, 조개, 갈매기 등등 많았다. 노을 지는 바다는 사진으로만 봤지, 눈으로 보는 건 처음이라 괜히 설렜다. 슬슬 타이밍을 봐야 하는데, 언제 하지? 사람이 조금 더 빠

지면 해야겠다. 조금만 기다려줘, 솔아.

- 노을 풍경은 뭔가 다르다, 그치?
- 그러게, 사진 찍어줄까?
- 응, 찍어줘

솔이는 사진도 예쁘게 나오네, 예쁘다. 방금 찍은 건 평생 나랑 솔이만 봐야지. 나만 솔이 예쁜 모습 볼 거야.

- 사진 찍은 거 보여줘
- 예쁘게 나왔지?
- 이거 흔들렸고, 이건 다리고 짧아 보이고, 이건 그냥 싫어
- 뭐야, 열심히 찍었는데…
- 다시 찍어, 제대로 찍어

항상 어딜 놀러 가면 솔이 사진만 몇 장을 찍는지 모르겠다. 그래도 뭐, 솔이 좋아하면 그만이다.

- 이제 보여줘
- 괜찮지?
- 아까보단, 이제 걷자. 바람 부니까 시원하고 좋네
- 그러니까, 정말 좋다

좋아, 여기서 좀만 걷다 고백하는 거야. 내가, 이 순간을 얼마나 기다렸는데. 바다도 이것 때문에 온 거라

　　　　일단, 학원물

고. 분위기도 좋고, 솔이 기분도 좋아 보인다. 이제 하
는 거야.

– 솔아!

갑자기 들리는 폭죽 소리, 소리가 나는 곳으로 고개
를 돌려보니 유람선에서 터트리고 있었다. 설마 내 목
소리가 안 들리면 어떡하지? 그럼, 정말 망하는 건데,
그래도 일단 해보자.

– 좋아해, 솔아
– 왜?
– 왜라니?
– 너 여자 좋아하잖아
– 아

얘는 나 이성애자로 알고 있구나, 맞다. 그랬지. 하,
이걸 어떻게 설명하지? 미치겠네.

– 왜, 이젠 내가 좋아?
– 그게… 그러니까
– 아니면 김해영이랑 잘 안되니까 나라도 찍먹하겠
다는 거야?
– 아냐, 절대 그런 거 아냐
– 그럼? 그럼 난 너한테 어떤 존재야?
– 넌, 나한테… 없으면 안 돼. 너랑 매 순간을 같이
하고 싶고, 네가 다른 애랑 있을 때 싫고, 그냥 너랑

같이 있고 싶어

- 정말? 진심이야?
- 응, 진심이야. 네가 아니면 못 살 것 같아
- 내가 거절하면 어쩌려고?
- 상관없어, 그냥… 친구로만 지내줘도 괜찮아…

아, 울 것 같아. 어떡해? 어떤 놈이 대답 듣기도 전에 우냐, 진짜… 근데 왜 대답이 없지? 했는데 내가 못 들은 건가? 그냥 꿈이라고 해줘, 나중에 제대로 고백해 줄게.

또 한 번 들리는 폭죽 소리, 유람선에 타고 있는 사람들은 웃고 있겠지? 누군 고백 완전히 망해서 울고 싶은데…! 처음으로 돌아가서 다시 하고 싶다. 이렇게 멋없는 고백은 처음인데. 애초에 네가 첫 고백이긴 한데, 그래도 멋지게 낭만 있게 하면 좋잖아!

- 나도 좋아해
- 어?
- 네가 김해영이랑 잘돼 간다는 얘기 듣고, 마음에 안 들어서 모르는 척 좀 한 거야
- 그럼 나 좋아해…?
- 어, 너 좋아해

또다시 들리는 요란한 폭죽 소리, 내 앞에 보이는 솔이의 얼굴. 그땐 아무 생각 없이 솔이를 끌어안고 번쩍 들어 올렸다. 네가 내리라는 말을 들었지만, 그냥 무작

　　　　　일단, 학원물

정 널 안고 빙빙 돌았어. 날 좋아한다는 그 한마디에 기뻐서 짐승처럼 날뛰었어.

한참을 끌어안고 빙빙 돌다 널 내려줬어. 얼굴이 새빨개져선 나한테 뭐라 뭐라 하는 네 모습이 토마토 같아서 귀여웠어.

    - 내가, 하아… 내려놓으라고 몇 번을 말했는데!
    - 그렇지만 네가 나 좋아한다고 말 한 게 얼마나 좋았는데, 다시 말해주면 안 돼?
    - 좋아해, 서진해
    - 꺅!
    - 그만 좀 안아!

결국 딱밤 맞고 바로 놓아주긴 했지만, 그래도 기분은 좋아. 너랑 사귄다는 것 자체로도 행복하고, 네가 내 것으로 생각하니까 더 좋더라.

    - 솔아, 내가 평생 너만 보고 살게. 그러니까 너도 평생 나만 보고 살아 줘
    - 당연한 소리를 하고 있어
    - 그치? 사랑해, 솔아
    - 나도 사랑해, 서진해

은근슬쩍 솔이 네가 먼저 손을 잡는데, 얼마나 좋던지. 네 손을 잡고, 해변을 걸었다. 어느덧, 해는 바위 뒤로 넘어갔고 점점 어두워졌어. 또다시 들리는 폭죽

소리를 들으면서 걷는데 여태 들리던 폭죽 소리에 의미를 부여했지.

첫 번째로 들렸던 폭죽은 위기를 알렸고,

두 번째로 들렸던 폭죽은 우리의 시작,

세 번째 폭죽은 우리의 해피엔딩을 알리는 소리였어.

이제 너랑 행복한 날만 남았고, 항상 널 아끼고 사랑해 주는 연인이 될게. 솔아. 날 사랑해 줘서 고마워, 평생 너만을 사랑할게. 솔아.

일단, 학원물

박시연 작가의 말

이번 저의 신간 '해변 위, 폭죽'은 두 남학생의 순수한 사랑 이야기를 담았습니다.

다른 아이를 좋아하던 진해가 자신만을 좋아하던 솔이를 알아채고 피하다가 결국엔 그 마음을 알고, 진심을 다해 솔이를 사랑해가는 과정입니다.

거울이 잠든 곳

황지원

1.

명문가 이토시키 가문의 외동아들 이토시키 우라무는 삶이 평탄할 리 없다는 사주를 받고, 그의 나쁜 기운을 없애줄 이름을 받았다. 그 사주 하나로 인하여 우라무는 좋든 싫든 간에 집안의 무한한 관심을 받았다. 만약 그가 과거로 돌아가 단 한 명을 태어나지 못하게 막을 수 있다면, 그는 주저 없이 세계의 평화가 아닌 자신을 위해 그 사주를 봐 준 사람을 선택할 것이다.

생각해 보면, 인생이 평탄한 사람이 어디 있는가? 내가 장담하는데, 그 사람은 사주를 못 볼 뿐만 아니라 작명 센스도 없다. 아니, 너무 작명 센스가 뛰어나서 나를 엿먹일 작정이었다.

세상의 누가 나쁜 기운을 막아줄 이름을 ' 우라무(望) ' 로 짓는가?

사실 '우라무'로만 되어있다면, 어떻게든 핑계를 만들 수 있을 것이다. '진정으로 원하는 걸 이룬다. ' 라던가 ' 보름달을 품었다. ' 라던가,

하지만, 나의 성은 이토시키(糸色)이다.

이토시키를 붙여 쓰면 絕, 끊을 절이다. 그리고 望.

바랄 망. 합치면 絕望. 그렇다. 절망이다.

혹시 다른 뜻이 있지 않을까 생각해 본 사람은 고민할 필요 없다. 그 절망이 맞다. 나의 성이 이토시키인 걸 절대 모르지 않을 사람이 나의 이름을 우라무로 짓는 행위는 명백한 엿 먹이기가 아닌가? 아마 나의 부모님이 조금 더 권력에 야망이 있는 사람이었다면 내 이름은 평범하게 유우키 같은 거였을지도 모른다. 하지만 유감이게도 별로 야망이라 부를 것이 두 분 다 없었기 때문에 결국 난 절망의 아이가 되었다.

덕분에, 내가 5살 때 유치원 선생님이 이름 쓰는 법을 알려주면서 웃음을 참았고, 학부모 참관 수업에서 이름을 쓸 때는 학부모의 대부분이 나를 비웃었다.

나의 기구한 운명은 그날부터인 것 같다.

이후, 나는 엄마에게서 ' 불가피하지 않다면 이름을 세로로 적어라.'라는 당부를 들었다. 이름 하나 평범히 쓰지 못한다는 운명이 정말 슬펐던 5살의 나였지만, 엄마가 슬퍼할 것을 알았기 때문에 웃어 보이며 알겠다고 하였다. 그 신랄한 작명 때문에 나는 무려 5살 때부터 주위를 속여왔다.

10년 정도의 시간이 흘러, 나는 명문 학교인 타카마가하라(高天原)[*] 학원에 다니게 되었다. 10년간 한숨 나오는 이토시키 가문의 과도한 사랑으로 성장한 경험으로, 나는 그곳에서 우등생이었고, 학생회장을 맡

---

* 타카마가하라 : [일본 신화] 하늘 위에 있으며 신들이 산다는 나라

 일단, 학원물

게 되었다.

하지만 난 타카마가하라 학원이라는 공간을 딱히 좋아하지 않는다. 일단 이름이 과해도 너무 과하다. 일본의 상위 5% 가문들만 모였다고는 하지만 그래도 신의 공간까지 닿진 않는다.

내가 가장 싫어하는 건 이 과한 학교의 축제다. 나는 처음부터, 축제를 계획하자며 모두가 들떠 있던 그 순간부터 생각하였다.

'아무도 안 하는 일은 내가 해야 하는 건가?'

역시 맞았다.

그들의 목표는 학교의 이름에 걸맞게, '지상낙원 만들기'였다. 생각보다 모양은 괜찮았다. 나는 처음으로 이름부터 모든 것이 거창한 이 학교의 재력과 학생들의 수준을 믿고 의지할 뻔하였다. 처음은 꽤 괜찮고 낙원의 흉내를 내는 것처럼 보였다. 하지만 축제 둘째 날부터 흥미가 떨어진 몇몇 학생이 나에게 직무를 여느 때처럼 유기하기 시작하였다. 규모가 크면 그만큼 해야 할 일과 책임질 것이 많았다. 나는 지금껏, 동네 중학교에선 겪어보지 못하였던 엄청난 규모의 직무 유기에 머리가 저리며, 처음으로 연기의 한계를 느꼈다. 이대로 있다간 들켜버릴 것 같았다.

나는 잠시 학교 4층 과학 준비실로 들어가 문을 걸어 잠그고 한숨을 푹 쉬었다.

- 하… 내가 가만히 있으니까 만만하지?

한층 편안함을 느낀 나는 혼잣말을 계속하였다.

- 차라리 분신 같은 거 하나만 주던가

그 순간, 날 사선으로 비추고 있던 살짝 금이 간 거울에서 작은 빛이 흘러나왔다. 나는 그 거울을 응시하였고, 놀랄 수밖에 없었다.

내 앞에는 나를 꼭 닮은 누군가가 서 있었다. 난 잠시 사고가 멈추고 뇌 정지가 온 듯한 기분을 느꼈다.

'씨, 저게 뭐야 왜 나랑 똑같이 생겼어.
어? 왜 거울에서 나오는 거야… 저 사람,
사람이 맞긴 한 거야? 아니지 똑같이 생긴
사람이 어디 있겠어. 근데 저건 너무 닮았
잖아 그리고 도플갱어를 보면 둘 다였던가,
둘 중 하나가 죽는다고 했었던 것 같은데.'

나는 이렇게 생각하며 옆에 떨어져 있던 파상풍에 걸릴 것 같은 녹슨 커터 칼을 쥐었다. 자신이 등장한 지 30초도 되지 않아 갑자기 자기 혼자 놀라서 칼을 쥐는 나를 본 그 존재는 나와 대비되는 여유로운 모습과 목소리로 한마디 건네었다.

- 에? 그런 짓을 해도 되는 거야?

나는 나와 똑같이 생긴 그 사람을 보곤 아직 상황 파

        일단, 학원물

악이 되지 않은 채 숨을 들이마시고, 또 들이마시고,
내뱉지 않은 채 말을 건넸다.

　- ㄴ… 누구세…요?
　- 나? 나는 의외로 가까운 사람

의외로 가까운… 사람이라…

　- 나는 널 도와주러 온 거야. 그럼, 잠시 실례

그는 그렇게 말하며 내 쪽으로 와 나에게 손을 뻗었
다. 나는 순간 그가 나에게 무슨 짓을 하는 줄 알고 눈
을 꼭 감았다. 하지만 나의 예상과는 다르게, 그는 나
에게 아무런 해를 끼치지 않았다.

나는 살짝 안심하고 눈을 떴다. 안심하는 마음은 나
의 오산이었다. 난 눈을 뜬 후, 나를 볼 수 있었다. 정
확히 말하자면, 내가 내 몸으로부터 빠져나왔다. 상황
판단이 되지 않는 나에게 나의 몸이 말을 걸었다.

　- 분신을 원했지? 내가 네가 되어줄게. 너는 쉬어도
좋아.

나의 도플갱어, 구세주는 그리 말하였다.

2.

나는 태어나서 처음으로 절망의 인생으로부터 해방되었다. 사람의 몸에서 해방되니 배가 고프지 않고 졸리지 않았지만, 10시간 이상 자보고 오랫동안 천천히 밥을 먹어보기도 하였다. 하지만 이러한 생활은 아무도 날 인식하지 못하기 때문에 나는 곧 심심해졌다.

그래서 나는 구세주를 보러 가기로 하였다. 학교에 들어서자 너무나 익숙한 학생회 담당 선생님의 목소리가 들려왔다.

– 내일 아침에 학생회 회의 있으니까 참석해
– 네

나의 몸을 포함한 5명 정도의 학생들이 대답하였다.

[띵띵띵~]

종이 울리자, 모두가 반에 들어가면서 문이 열려있는 틈을 타 나는 내가 매일 들어오던 교실에 들어갈 수 있었다. 그렇게 증오하던 교실인데, 지금은 겨우 들어오는 상황이라는 게 스스로 이해되지 않았다. 몸을 벗어났다 해도 물리적으로는 영향을 받았다. 그저 다른 이들에게 보이지 않을 뿐…

잠시 후, 역사 선생님이 들어왔다.

아주 지루한 수업. 역사 선생님은 학생을 자신에게 맞춘다.나는 한 번도 역사 시간에 자진하여 발표해 본

　　　　일단, 학원물

적이 없다.

- 자, 저번 시간의 복습부터 해봅시다. 조슈 번 토막파는 타카스기 신사쿠의 지휘 아래에서 부대를 편성해 보수파를 격파하고 탈환할 수 있었는데, 이는 무사들 대신에 농민들을 부대에 입대시키는 참신한 방법을 통하여 이루어질 수 있었습니다. 이렇게 많은 농민을 입대하게 만든 에도 막부 시대의 법은 무엇일까요?

정적이 흘렀다. 누군가 답을 해주길 원하지만, 자신이 답하고 싶지 않은 게 느껴졌다.

- 아무도 모르나요?

역사 선생님은 조금 날카로운 목소리로 물었다. 그 순간 누군가가 손을 들었다.

- 네, 카미야 학생, 답해보세요.
- 농민의 무기 소유와 군사 훈련 금지입니다. 그동안 농민들은 부대에 속할 수 없었지만, 타카스기는 농민들을 자신의 부대에 받아주었기 때문에 조슈 번 탈환에 성공할 수 있었습니다.

대답이 없다. 저건 ' 패스'의 의미, 지적할 곳이 없다는 뜻이다.

카미야 테루키(神夜 照月), 나와 어렸을 때부터 친했

던 친구이자, 내가 몇 년째 신뢰하는 유일한 사람이다. 카미야와 이토시키는 옛날부터 사이가 좋아 자식끼리 붙여놓는 경우가 많았다. 하지만 테루키를 제외한 모든 카미야의 자녀들은 요즘의 나를 딱히 반기지 않았다.

내가 8살이 되던 해, 두 가문의 만남이 처음 일어난 날, 그 아이들은 나와 친해지고 가까워지는 게 그들의 인생이 피는 데 좋을 거라 교육을 받아 놓은 상태였기에 나에게 와 치근덕거리려 하였다. 하지만 난 그런 이득을 취하는 관계는 내게 이익이 별로 없다면 형성하고 싶지 않았기에 수동적인 자세로 그들과 대화하지 않았다. 나의 반응이 만족스럽지 못했던 그 녀석들은 나에게 조금씩 화가 났고, 가장 만만한 나의 이름을 가지고 나를 놀리기 시작했다. 나는 익숙해진 놀림이라 반응할 생각이 없었다. 그렇게 가만히 돌 세례를 맞고 있었는데, 테루키가 나타났다.

– 야! 너네는 누가 너희 이름으로 놀리면 좋아?

8살이 한 말치고는 정말 정의로웠다. 사람에 따라서는 50살이 되도 이 말이 나오지 않기 때문이다. 어쨌든, 이 정의의 사도 덕분에, 나는 돌 세례를 그만 맞을 수 있었지만, 더 큰 일이 일어났다. 나를 괴롭히던 아이 중 하나가 눈물을 보인 것이다.

나는 알았다. 저건 가짜라는 것을.

　　　　　　　일단, 학원물

　나중에 알았지만, 그 아이는 테루키의 사촌 동생이며, 가장 권력이 높은 카미야 마루키였다. 아마 그때 그 미래의 후계자는 우는 소리에 놀란 카미야의 어른들이 오면, 자신과 대립하여 퍽 정의로운 짓을 하고 있던 테루키가 이 사단을 만든 것처럼 조성할 생각이었던 것 같다.

　테루키는 이 집안에서 가장 권력이 낮았다. 어른들은 테루키의 말을 듣지 않고 마루키부터 달랠 것이다. 테루키의 아니, 나의 목소리마저도 그 상황에선 어른들에겐 들리지 않을 것이다. 난 이런, 권력만 믿고 나대는 상황은 딱 질색이었다.

　그래서 나는 8살 아이가 절대 하지 않을 짓을 했다. 언젠가 본, 상대의 기분을 나쁘게 할 미소를 지은 내가 말하였다.

　- 에, 그런 짓 해도 되는 거야? 왜 네가 울어~ 울 거면 내가 울어야 하는 거 아니야? 네 이름은 얼마나 잘났다고 나대는 거야. 그렇게 이름을 가지고 놀리고 싶다면 네 이름부터 쓰면서 너도 딱히 잘나지 않았다는 걸 인지해. 나는 말이야? 5살 때 다들 히라가나를 배우면서 자기 이름을 쓰고 있을 때, 선생님이 웃겨 죽겠다는 표정으로 알려준 '절망'이라는 글자를 쓰고 있었어. 시끄럽게 질질 짜면 문제가 해결된다고 생각하는 거야?

나는 그 말을 한 자도 절거나 버벅거리지 않고 정확한 발음과 일정한 빠르기로 기분 나쁜 웃음을 지으며 그 아이를 향해 토해냈다. 그 말을 들은 그 아이는 눈물을 흘리지도 못하고 벙쪄서 나의 말을 들었다. 그 반응이 진심으로 재밌었던 나는 안광이 없는 광기 어린 눈으로 다시 그 아이의 귀에 대고 크지도, 작지도 않게. 밖에 있는 어른들은 들리지 않지만, 방 안의 모두가 들릴 크기로 말하기 시작했다. 아마 그 아이에겐 헤드셋에서 나오는 소리처럼 큰 소리였을 지도 몰랐다. 그건 딱히 내 알 바가 아니었다.

− 그래, 그렇게 반성하는 시간을 가지도록 해. 네가 뭘 하려 했는지 잘 생각해 봐. 아까 걔 말이 다 맞는 말이니까, 짜증 나고 혼날 것 같으니 일단 울어보는 거잖아. 뭐, 지금은 괜찮을지도 모르지 아직 어리고 딱 보니까 이 집안 직속 중 직속 혈통이니까. 근데, 세상 그렇게 만만하게 봤다가, 뚝. 하고 떨어져 버릴 수 있어.

그 순간 아무리 어른들이 조용히 해도 절대 찾아오지 않을 침묵이 이어졌다.

갑자기, 테루키가 나를 보고 웃음을 터트렸다. 모두가 겁에 질린 상황에서, 참 특이한 아이였다. 테루키는 나에게 다가오더니, 말을 걸었다.

− 너, 엄청 특이하고 멋있다! 나랑 친해지지 않을

　　　　일단, 학원물

래?

분명 테루키는 직속 혈통과 가깝지 않은데, 어째선가 그 눈에서는 누구보다 귀족의 티가 흘렀다. 저게 바로 다자이 오사무가 말한 '진짜 귀족'일 것 같은 느낌이었다. 난 그 눈빛과 마주치곤 예상치 못하게 심장이 뛰었다. 그렇게 카미야의 자식과 이토시키의 자식 사이의 유일한 친밀관계가 생기게 되었다.

현재까지도 우리는 친했…었다.

유감이게도 저번 주 싸움을 끝으로 테루키와 난 일주일간 말을 섞지 않고 있다. 축제 준비가 한창이던 저녁, 난 테루키와 함께 축제 준비를 하고 있었다. 그러던 중 난 사람이 얼마나 추악한 존재인가에 대하여 열변을 토하고 있었는데, 테루키는 그 말을 듣는 것이 딱히 즐거워 보이지 않았다. 하지만 난 그 표정을 읽지도 않고 이기적으로 내 말만 하였다.

그러던 중, 인간을 존중하는 고귀한 테루키는 나에게 물었다.

– 그럼 나도 그렇게 생각하고 있는 거야?

정신을 반쯤 놓고 있던 나는 인생 최대의 망언을 하였다.

– 너는 인간 아니야?

그 말에 테루키는 인상을 확 찌푸리더니 지금까지 나의 응석을 받아주며 쌓인 모든 걸 분출시켰다.

- 감정이 없는 척하는 거야 아니면 정말 얼어붙어 버린 거야? 연기라면, 그만둬. 하나도 멋있어 보이지 않으니까. 넌 네가 정의한 추악함에 주위를 물들여버렸잖아. 잘 어울리고, 열심히 공명하라고. 아무리 뭘 해봐도 그냥 두려워서 피하는 게 보인다고 겁쟁이

무척이나 차분하고 상대방을 존중하는 말투였지만, 그 속에는 우아한 분노가 섞어 들어 있었다. 그 말을 끝으로 테루키는 학생회실을 나왔고 지금까지 화해하지 못했다. 축제가 더 힘들게 느껴졌던 건 이 일의 영향이 있었던 것 같다. 지금은 내가 내 몸에 있지 않으니, 돌아가면 꼭 화해하고, 그리고…

[띵띵띵~]

어느새 종이 울렸다.

◎

나는 또 다른 나를 응시했다.

나의 눈빛을 읽었는지, 그가 나를 보면서 따라오라는 눈빛을 보냈다. 나는 그를 따라 우리가 처음 만난

 일단, 학원물

과학 준비실로 들어갔다.

[드르륵- 탁!]

문이 닫힌 후, 잠겼다. 그러자 나의 몸이 80%의 투명도에서 완전히 불투명한 상태가 되었다.

– 잠깐 풀어놓은 거야. 이 상태가 훨씬 말이 잘 들리거든

그는 내가 물어보기 전에 이유를 설명하였다.

– 왜 부른 거야?
– 알려줄 게 있어서. 만약에 네가 날 따라다니고 싶지 않으면 그냥 여기에 있어도 돼. 그럼 내가 이쪽으로 올게. 지금부터 여기에 있어도 되고. 어떻게 할래?
– 그냥 너랑 같이 나갈게

그 말을 듣자, 그는 아무 말 없이 손을 가볍게 튕긴 뒤 다시 문을 열고는, 아무 말 없이 교실로 들어갔다. 그다음 교시는 체육이었다. 다행히도 그는 체육복을 입고 있었기 때문에 늦지 않게 운동장에 도착할 수 있었다.

– 자, 오늘은 피구하겠습니다.

피구라니… 공을 잡고, 피하고, 던지는 운동은 도무지 효율성이 높은 운동이라 하기 어렵다. 날아가는 공

을 정확히 한 사람에게 겨냥하여 맞출 확률이 얼마나 되겠는가? 난 항상 피구할 때 자연스럽게 죽고, 피하는 편이었다.

쉽게 말하자면, 있어도 없어도 딱히 상관이 없었다. 나는 나 같은 사람이 팀에 있으면 다른 사람에게 어떻게 보일지 문득 궁금해졌다. 그래서 난 그 경기를 관람해 보기로 하였다.

[삑--!]

호루라기 소리가 들리고, 경기가 시작되었다. 언제나처럼 운동신경이 좋은 몇몇 아이들은 공을 잡고는 계속 패스해 가며 하나둘 인원을 줄여갔다. 불행히도 우리 팀에는 딱히 특출나게 잘한다고 할 수 있는 아이가 없었기 때문에, 우리 팀은 어느새 나의 도플갱어인 그만 남게 되었다. 평소에 나였다면 분명 저 공간에 있지 않았겠지만, 나는 그가 어떻게 할지 꽤 궁금해졌다. 우리 팀의 12명이 죽고 나만 남을 동안, 상대측에서는 원래 피구를 못하고 느린 애들만 6명이 죽었다. 다시 말해 잘하는 아이들은 아직도 남아 공을 빼앗기지 않고 있다는 뜻이다. 공이 높이 떠오르며 패스.

[탁!]

누군가가 그 높이 올라간 공을 점프해서 잡았다. 그리고 그게 그인 걸 안 순간 나는 머리가 잠깐 멈추었다.

　　　　　일단, 학원물

그것도 모자라 그는 상대 팀의 허점을 노려, 하나하나, 친절히, 가장 아파 보이는 곳으로 강타를 날리며 학살하였다.

어느새 1 대 1인 상황이 되었다.

우리 팀에서는 엄청난 환호성이 들려오고 있었고 이길 분위기였지만, 상대 팀에 남아있는 건 가장 잘하는 아이였다. 아까까지는 운으로 죽였을 수도 있었지만, 이 아이는 타고난 운동신경이 있기 때문에 운으로 맞추기는 어렵다.

그 순간, 엄청난 속도의 공이 나의 구세주에게로 날아왔다. 나는 분명 저런 공을 잡았다간 손이 남아나질 않겠다고 생각하였지만, 그는 너무 자연스레 온몸으로 그 공을 받아낸 뒤, 너무나도 편안히 공을 던졌다. 아쉽게도, 그 공은 상대의 살짝 옆으로 지나갈 것처럼 보였다. 하지만, 그 공은 마지막 순간, 살짝 휘며 궤도를 바꾸었다.

[퍽!]

공이 상대의 옆구리에 맞고, 떨어졌다. 엄청난 환호 소리가 터져 나오며, 많은 아이가 그에게 다가오고 있었다. 내가 대리로 당황해하고 있을 틈도 없이, 그에겐 관심과 칭찬이 쏟아졌다.

저건 분명 '학생회장 이토시키 우라무' 가 아닌 '이토시키 우라무' 그 자체에의 반응이었다. 반응이 폭발

적이던 때, 마침 종이 치고 다음 교시가 되었다.

5분 후, 영어 선생님이 들어왔다.

모두가 두려워하는 존재인, 그 영어 선생님이. 이유는, 누구도 발표를 피할 수 없기 때문이다. 아무리 타카마가하라의 학생들이라 해도 대학 입시에 아무 기여도 하지 않고 틀렸을 때의 온갖 욕을 다 듣는 질문에 답하는 걸 즐기진 않을 것이다.

- 저번에 외우라고 나누어준 단어장 다들 가지고 있죠? 오늘은 거기서 아무 단어나 물어봐서 누군가가 한 번에 맞춘다면, 다음 단어 시험 단어 개수를 반으로 줄여주겠습니다

역시 저 선생님은 희망 고문을 참 잘한다. 선생님이 나누어 준 단어는 200개였고, 어제 나누어 줬다. 단어 시험이 다음 주이니, 벌써 모두 외운 아이는 없을 확률이 높다.

- 극작법을 영어로 뭐라 할까요?

마침, 아는 단어였다. 하지만 나는 발표를 하지 않…

- 제가 해보겠습니다

나는 당황하였다. 저건 내가 할 만한 행동이 아녔다. 분신이라면 나처럼 행동해야 하는 것 아닌가? 내가 넋을 놓고 있을 시간도 없이 그는 답하였다.

     일단, 학원물

- dramaturgy[**]

몇몇 눈치가 빠른 아이들은 이미 선생님의 반응을 통해 정답을 눈치챘다. 선생님은 이에 확답했다.

- 정확하게 잘 대답했네요

나는 그에게 꽤 불만이 생긴 상태였지만, 나를 제외한 모두는 그에게 만족하는 분위기였다. 그렇게 꽤 순조롭게 수업이 진행되고, 종이 치며 점심시간이 되었다. 아까 체육 시간의 연장과 영어 시간의 활약이 더해져 더욱 많은 아이가 그에게 감사를 표하였다. 하지만 나는 그에게 해야 할 말이 남은 상태였다. 나는 그의 행동에 대한 해명을 들어야 했고, 이젠 몸을 돌려받아야 하니 그가 올 과학 준비실에서 기다리기로 하였다.

[드르륵-탁!]

내가 들어가니 문이 자동으로 잠겼다. 나는 딱히 그것에 대해 신경 쓰지 않았다. 그에게 할 말을 정리하며 나는 잠시 잠자리에 들었다.

◎

하교를 알리는 사치스러운 클래식 음악이 들려오며,

[**] 극작, 극작법

나는 잠에서 깨어났다. 종이 울리고부터 몇 분 후, 어김없이 그는 과학 준비실로 왔다.

- 어때? 여유로운 삶은
- 꽤 괜찮아. 근데, 아까는 왜 그렇게 행동한 거야? 전혀 내가 아니잖아. 조금 전 행동들은 나를 대신 살아주는 행동은 아니라고 생각해. 이제 다시 내 몸을 돌려줘

그는 그 순간 나의 말을 끊으며 언젠가 본 적 있는 기분 나쁜 미소를 지으며 나에게 고하였다.

- 하하하, 내가 마음대로 한다고? 역시 넌 네가 누군지 망각해 버렸구나. 그럼 어쩔 수 없지. 그리고 난 말이야? 이 생활이 꽤 마음에 들어서 이젠 네가 돌아갈 곳 따위 없어. 너의 잘못은 알지 못하는 존재에게 몸을 빼앗긴 것과 당연히 몸을 가져올 수 있다고 생각한 거야. 목숨은 한 개니까 너와 나는 같은 공간에서 한 번에 존재할 수 없어. 원한다면, 날 내쫓아봐. 이번엔 네가 비참해질 차례니까. 너에게 기회를 줄게. 금요일까지 내가 누군지 알아낸다면 다시 몸을 넘겨줄게. 틀린 답을 말하면, 그건 네 사정이 되는 거고

그는 그 말을 하곤 문을 잠그고 나갔다. 그렇게 나의 침략자는 유유히 잠긴 과학 준비실을 떠났다.

 일단, 학원물

3.

　나는 정리되지 않는 이 상황을 어떻게든 정리한 후, 그 미지의 존재에 대하여 생각하기 시작하였다. 정말 이럴 때 보면, 공부가 인생의 전부가 아니라는 걸 온몸으로 새삼 느끼게 된다. 내가 그에 대하여 정확히 아는 건 거울에서 나왔고, 나보다 뭔가 여유롭고 자신감 있어 보인다는 것, 그리고 나와 똑같이 생겼다는 것뿐이다. 이것만으로는 사람을 찾기 힘들다. 애초에 사람이 아닐 가능성까지 생각해야 하니까… 불가능에 가깝다. 아아, 그때 학생회 이름을 알려주지 않았으면, 몸을 순순히 넘기지 않았다면, 과학 준비실에 들어오지 않았다면, 아니 차라리 그냥…

　아, 너는 누구야?

　혼란함이 머리를 둘러싸서 정상적인 사고가 불가능해졌다. 이건 분명 그와의 첫 만남 때와 비슷한 상태이다. 하지만 지금은 불가능한 사고를 하고 한 발 더 내디며 앞으로 나아갈 때다. 사고를 멈추면 안 된다. 끊임없이 앞으로 나아가지 않을 수 없는 상태다. 나는 한쪽 구석에 박아놓은 사고를 다시 주워들었다. 나는 그에 대한 무한한 가능성 측정 중 그가 흘리듯 한 말을 기억해 냈다.

　　　'나? 나는 의외로 가까운 사람'

　나의 의외로 가까운 사람 중에 나랑 똑같이 생긴 사

람이 있을 리가 없잖아. 얼마 만에 알아낸 힌트였는데, 이렇게 허무하게 날리다니… 아니 처음부터 힌트가 이상하잖아. 나는 외동이고, 이토시키 가문의 내 또래는 나밖에 없는데. 누구라도 나와 얼굴이 똑같은 사람이 자신과 가까운 사이라고 한다면 당연히 기억하지 못할 것이다.

그럼, 얼굴론 짐작이 불가하니, 행동을 보는 수밖에. 내가 나와 다르게 행동하는 걸 좋아하지 않았으니… 특이한 행동은 '발표' 뿐이다. 발표하는 사람은 차고 넘칠 것인데, 이걸 가지곤 역시나 특정 사람을 찾기 힘들다. 더욱이, 나는 이제 여기에 갇혀 이틀간 그의 정체를 파악해야 하는 신세이기 때문에 나가지 ㅁ…못하지 않나? 나는 그 순간 엄청난 걸 생각해 버렸다.

'잠겨있으면 창문으로 나가면 되지 않나?'

나는 과학 준비실에 있었던 실험복을 길게 묶어 밧줄의 형태로 만들었다. 다행히도 이럴 때를 대비하여 이토시키의 어르신들은 매듭 묶는 방법까지 외워 놓으라 했나 보다. 그 어르신들도 도움이 된다니, 기절할 노릇이다. 이젠 정신을 차릴 차례다. 어차피 아무한테도 보이지 않을 것이니 그냥 뛰어내릴지 생각해 봤다. 이 몸도 과연 아픔을 느끼나 시험을 해보았지만, 안타깝게도 아픔이 느껴졌다. 더군다나 내가 만약에 뛰어내리다 죽어버린다면 난 그냥 끝이다.

일단 안전이 가장 중요한 사항이니 나는 내가 만든

      일단, 학원물

실험복 밧줄을 무거워 보이는 책상에 묶고 그대로 천천히 밧줄을 타고 내려갔다.

[덜컹!]

뭔가 불안정하단 걸 알 수 있었지만, 지금 같은 상황에서 완전할 필요는 없지 않은가? 그렇게 나는 성공적으로 신선한 밤공기와 대면할 수 있었다.

아, 나는 드디어 마음을 먹었다. 그리고 지껄였다.

– 감히 나를 가둬? 넌 뒤졌어

그렇게 나는 몸을 되찾을 준비를 하였다. 낮은 웃음소리가 귀에서 머물다 사라졌다.

나는 그가 놀라는 얼굴부터 봐야겠다고 생각하면서 교실로 들어갔다. 그러곤 교실 한쪽 구석에 앉아 그가 나를 발견했을 때 어떤 표정을 지을지 생각하며 그의 정체를 다시 추측하기 시작하였다. 내일 아침부터 그의 행동을 다시 보면 뭔가 나올지도 모르지만, 일단 아무것도 알 수 있는 게 없다. 그렇다면, 말투로 추측할 수 있지 않겠나? 그러나 나는 그의 말투에 신경 쓸 정도로 그를 유심히 보지 않았다. 그저 평소 내가 쓰는 어조보다 조금 더 강하다는 것과 자신감이 묻어난다는 정도만 기억할 수 있겠다.

분명 어딘가, 가까운 사람에게서 들어본 어조이다.

확신할 수 있다. 그는 정말로 나의 근처에 있는, 아

니 근처에 있었던 사람이다. 언젠가 그런 말투의 사람이 근처에 있던 것 같지만 언젠가부터 사라진 느낌이다. 하지만 난 그 친숙한 목소리와 말투의 주인이 누구였는지 전혀 기억나지 않는다.

아… 하나도 모르겠다. 정말 이 정도로 감이 안 잡히는 건 오랜만이다. 그래도 어떻게든 오늘 잘 관찰하다 보면 감이 잡히지 않겠는가? 평소라면 대책을 세웠겠지만, 오늘은 왠지 그럴 마음이 들지 않았다.

나는 계속해서 쉬지 않고 고뇌하였다.

어느덧 눈을 떠보니 해가 떠오르고 있었다. 이제 드디어 결전의 순간이 다가오고 있다.

– 놀라 자빠질 준비나 하여라, 침략자

나는 밝아오고 있는 새벽을 보며 외쳤다. 당연히 아무 소리도 울려 퍼지지 않았다. 그래도 마음가짐이라는 게 중요하니까, 다시 한번 마음을 가다듬었다. 창틀에 앉아 하나둘 등교하는 걸 지켜보고 있으니 몇 시간 후 익숙한 형체가 등장하였다.

드디어, 고대하던 순간이다. 그가 문을 열고 교실에 들어왔다. 그리고 나와 눈을 마주쳤다. 나는 그가 분명 놀란 표정을 지을 거라 확신하였다. 하지만, 그는 나를 보고 0.5초 정도 굳더니 이내 접근하고 싶지 않은 미소를 지었다.

　　　　　일단, 학원물

마치, 내가 그럴 걸 알고 있던 것처럼.

난 그 순간 내가 열심히 탈출한 걸 정말 후회하였지만, 아마 거기 있었으면 더 기분 나쁜 미소를 봤을 거란 생각이 들었다.

어떤 선택이든지 정말 기분이 나빴다. 그러면서 나의 승부욕이 더 불타오르고, 꼭 저 괘씸한 미소를 지르밟아 버리겠다고 다짐하며 살며시 창틀에서 내려왔다.

◎

그 후로 난 그를 계속 응시하며 그의 행동에 집중하였지만, 그는 나와 눈 한번 마주치지 않았다.

1교시, 2교시, 쉬는 시간, 점심시간, 하굣길…. 난 그를 계속하여 주시하였다. 유감이게도, 그는 나의 계획을 알았는지, 나와 비슷하게 행동하고, 말했다. 그에게서는 묘한 자신감이 흘러나왔다.

그의 가장 큰 특징은 나와 다르게 자신의 능력을 귀찮아하지 않는다는 점이었다. 아니, 자신이 나서고 싶을 때 자신을 결박하지 않는다는 것이다. 자신감이 몸속 혈관 하나하나에 스며들어 흘렀다.

이런 사람… 분명 있었다. 어딘가에 있었다.

주위에 있다고 하는 것이 더욱 나의 머리를 아프게 하였다. 정말 누구인지 기억난다면 어이없어질 사람일텐데 말이다.

현재 시각 오전 12시 3분. 내가 그를 맞출 시간이 24시간도 남지 않았다. 7시간 안에 그가 등교하고, 학교에 있을 동안 그의 정체를 밝히고 0시 0분까지 맞춰야 한다. 내가 그의 정체를 맞추어도 몸을 돌려주지 않을 가능성이 있지 않은가? 만약을 대비하여 결박과 공격, 방어할 무기들을 챙겨 놓는 편이 좋아 보였다. 나는 뭐든지 찾아보기 위해 과학 준비실에 있던 그 거울 쪽으로 다가갔다. 역시나 입꼬리가 올라가 있게 보이는 기분 나쁜 거울이…

나는 그 순간 놀라고 말았다. 그 금이 간 부분 때문에 비웃는 것처럼 보이는 나의 입꼬리는 그의 것과 똑닮아 있었다. 소름 끼치는 미소, 그 자체였다. 하지만 딱히 두렵다는 느낌은 들지 않았다. 나는 그 거울에 손을 뻗어 깨진 부분을 만졌다. 전에 봤을 때보다 더 일그러진 느낌이었다.

분명 그의 얼굴이었다. 나는 어떻게든 그 얼굴을 찡그려보려 했지만, 여전히 거울 속 그, 아니 난 웃고 있었다. 더욱 미궁에 빠져버린 그의 정체 찾기의 제한 시간은 점점 줄어들고 있었다. 오늘 그의 행동으로는 전혀 누군지 예측할 수 없었다. 나는 계속해서 생각하였다. 나는 최선을 다해 그가 한 말을 떠올리려 노력하였다. 그는 나의 머리에 기억이 나지 않게 하는 마법이라도 부렸는지, 잘 기억나지 않았다.

하지만 나는 계속해서 생각하였다. 생각하고, 생각하고 또 생각하고, 그의 정체를 추측할 수 있는 말이 나올 때까지 계속.

똑같이 생긴 사람, 분신, 도플갱어… 윌리엄 윌슨?

거울과 분신, 그리고 불행. 에드거 앨런 포의 「윌리엄 윌슨」이 머릿속에 스치며 처음으로 그의 정체에 대해 확신을 얻었다.

정말 가까이 있는 사람이라는 걸 알고, 조금 웃음이 나왔다. 그리고 거울에 관한 것 또한 조금 감이 잡히는 느낌이 들었다. 전혀 두렵지 않다고 하진 못하겠지만, 피할 생각은 없다.

4.

나는 그날 교실로 가지 않았다. 그 대신, 그에게 할 말을 정리하였다. 어떻게 하면 그를 놀라게 하고 확실히 나의 몸을 받아낼 수 있을까. 나는 내가 그를 처음 봤을 때 집어 들었던 녹슨 커터 칼을 꺼내 들곤 살며시 잘 보이는 곳에 놓았다. 준비를 끝내곤, 나는 지금껏 잠자리에 들지 못했던 만큼 잠을 잤다.

얼마만큼 잤는지, 하늘을 보니 곧 새벽이 될 것같이 칠흑 같았다. 그는 나를 응시하고 있었다.

– 일어났어? 내가 누군진 알았나 봐? 태평하게 자는 걸 보면

저 뻔뻔한 태도, 정말 웃음이 나왔다.

나는 그의 말에 응답하지 않고 조용히 미소를 짓고, 아까 꺼내놓은 커터 칼을 들곤, 그에게 그보다 훨씬 기분 나쁜 눈빛으로 쳐다보았다.

그때 그는 처음으로 당황하였다. 하지만 그는 그걸 숨기곤 여유로운 척 말하였다.

– 하, 모르겠으니까 찌르게? 근데 말이야? 이건 네 몸이거든. 그러니까 한마디로 말하면…

나는 손으로 칼끝을 쥐었다. 손에서는 피가 흘러나왔다. 그리고 내가 예상한 대로, 그의 손에서도 똑같이 피가 흘렀다.

그는 나를 이상한 눈빛으로 바라보곤 이내 내가 무엇을 한 것인지 깨닫고는 꽤 만족한 표정을 지었다.

– 정체를 알아냈네

나는 그와 대비되게 웃음기 하나 없는 표정을 짓고 그의 말에 답하였다.

- 너도 나고, 나도 너야. 그림자가 하나만 남을 때까지 하나로는 돌아갈 수 없어

　내가 전쟁을 선포하듯 말하자 그의 눈에서는 만화에서 봤을 것 같은 섬광이 흘러나왔다. 아마 나도 비슷했을 것이다.

- 꽤 성깔이 생겼는데? 화도 내고. 날 처음 만났을 때는 그렇게 쩔쩔매더니. 하지만 넌 아직도 남의 비위나 맞추는 이토시키 학생회장이잖아. 너 같은 거 한텐 나의 미래를 넘겨줄 수 없어

　그는 그 이후로 계속 궤변을 토해냈다. 그의 말대로 예전, 그러니까 '그'보다는 내가 남의 비위를 맞추면서 내 생각을 억압하는 경향이 있었다. 그가 화가 난 것도 이해됐다. 하지만 그가 아무리 논리적이라 해도, 그 또한 나에 불과했다. 사람은 어떤 형태로든, 어떤 방향으로든 성장한다. 역성장이라는 건 애초에 이뤄질 수 없는 것이다. 그저 성장의 방향이 다른 뿐 아니겠는가.

　그러니, 제대로 성장한 내가 그를 가르치는 수밖에.

- 아니, 제대로 다시 봐. 분명 네가 틀린 말만 한 건 아니야. 하지만 넌 아직 날 받아들일 생각이 없어. 넌 날 제한하면서 보고 있잖아. 내 눈을 마주쳐. 아직도, 전혀 성장할 기미가 없는 한심한 인간이야?

　그는 뭔가 억울하지만, 뭐라 말할 수 없고, 화가 나

지만 정의할 방법이 없고, 답답하고 억압된 표정을 얼굴 위에 비추었다. 쉽게 묘사하자면, 저건 누가 봐도 긁힌 사람의 표정이었다. 그는 그런 표정을 지으며 말을 이어갔다.

- 그냥 싸우지 그래? 아, 무서워서 말로 돌리려고 한 거? 그럼 미안하네

나는 격렬히 그를 족쳐버리고 싶었지만, 참았다. 내가 참지 않는다면 내가 스스로 '전 안 좋게 성장한, 생각 없는 인간입니다.'를 증명하는 꼴이 되지 않는가?

나는 10년쯤 되는 세월 동안 그에게 부족한 '이해'와 '배려'라는 걸 배웠다. 그러니 내가 해야 할 일은, 그를 처치하는 것이 아닌 그와 함께하는 것이다. 나는 그와 대비되는 얼굴로 그에게 말하였다.

- 다시 생각해 봤어? 이제 성장한 나를 알겠지? 네가 다른 사람을 비난하는 방법을 연구하고 있을 때 나는 다른 사람을 이해하고 배려하는 걸 배웠어. 넌 나보다 우등하지 않아

그는 그 말을 듣고 표정을 일그러뜨리…긴 커녕 다시 기분 나쁘게 웃기 시작했다.

- 하하하, 그걸 설득이라고 한거지?

아, 이번엔 내가 제대로 긁혔다. 너무 흥분했었나 보

 일단, 학원물

다. 이제 여기서 더 설득을 재개한다면 진짜 지질해 보일 테다. 피할 수 없을 때는 즐겨야 하는 법. 하하하! 감히 잠든 나의 전투 의식을 깨워버리다니, 넌 뒤졌어. 10년 넘게 배운 이해 뭐시깽이 다 필요 없다. 난 이 순간을 즐겨야겠다.

– 하, 이 새끼, 좋은 말로 하면 들어 처먹질 않는구나
– 그걸 이제 알았어? 역시 지능이 날이 갈수록 퇴화했구나. 퇴화한 신인류에게 몸을 넘겨줄 순 없지. 그게 모두의 평화를 지키는 방법이야
– 하하, 셀프디스 멋있네

나는 어떻게든 오늘이 끝나기까지 무조건 그가 가지고 있는 몸의 통제권을 뺏어와야 한다. 다행히 이토시키가 워낙 엄청난 집안이어서 호신술 정도는 배워놨다. 하지만 그건 그도 똑같다. 몸을 쓰는 수준은 어차피 비슷할 것이다. 그러니 수법으로 대응하는 수밖에. 나는 주위를 둘러보았다. 죄다 위험한 용액들뿐이었다. 그 순간 꽤 괜찮아 보이는 용액 하나가 눈에 들어왔다. 안 위험하다고는 할 수 없겠지만 그래도 눈에 묻지만 않는다면 괜찮을 거다. 나는 그 용액을 그대로 그가 차지하고 있는 나의 몸쪽으로 들이부었다. 과거의 나는 내가 들이부은 용액이 무엇인지 몰랐기 때문에 꽤 놀라 보였고, 독극물일 수 있다는 가정을 하며 용액으로부터 나의 몸을 떨어뜨렸다.

- 깜짝이야. 다른 사람을 향해서 아무 용액이나 들이부으면 안 된다는 것도 배우지 못한 모양이네
- 물론 다른 사람을 향해서는 그렇지. 근데 난 나를 향해서 들이부은 건데

그는 그 말을 듣고 어이없어했다. 짧은 대화를 끝으로 우린 다시 싸우기 시작했다. 그와 나는 계속해서 싸워가며 서로가 지쳐갔다. 그 장면은 말 그대로 이득이 없는 싸움이었다.

나는 느꼈다. 이건 근본적인 해결책이 아니라는 걸.

그 순간 내게 무언가 중요한 것 하나가 떠올랐다. 나는 그가 나에게 어떤 짓을 했든 간에 그에게 사과받을 처지가 아녔다. 그를 먼저 괴롭힌 건 결국 나니까, 나의 업보니까 내가 사과해야만 했다. 유감인 건, 난 그걸 너무 늦게 깨달았다. 지금 내 생각을 그에게 전해본들 양치기 소년의 말을 아무도 믿지 않은 것처럼 그도 나를 믿지 못할 것이다. 하지만 그가 나에게 준 과제를 풀어야만 했던 것처럼, 이건 해야만 하는 일이었다. 나는 계속 앞으로 나아가야 했다. 설령 나의 앞이 막혀있다고 해도 말이다.

나는 그를 안고 금이 잔뜩 가 일그러져 버린 거울 쪽으로 끌어당겼다. 내 몸이 거울에 닿자, 거울은 산산조각이 났다. 깨진 파편들이 내 척추를 따라 다리와 발목까지 상처를 냈다. 그는 놀라며 나에게 물었다.

     일단, 학원물

– 갑자기 왜 이런 거야?

– 내가 해야 하는 일이거든

나는 큰 숨을 들이마시고, 또 들이마시고, 내뱉었다.

– 저 거울은 내가 자신을 숨기고 드러내지 않는 상태를 나타내. 쉽게 말해 네가 말한 ’이토시키 학생회장‘이지. 아마 저 거울은 내가 여기에 들어오기 전까진 멀쩡했을 거야. 근데 내가 여기에 처음 와서 나의 본심을 드러내서 거울에 금이 생겼고, 그 금은 안쪽과 바깥쪽을 연결하는 틈이 되어 나의 썩어버린 정신 상태와 합쳐져 네가 나올 수 있는 경로를 제공했어. 내가 그다음에 보았을 때 거울이 더 일그러져 있던 이유는 점점 내가 자신이 만들어놓은 틀에서 벗어나면서 금이 갔기 때문이고. 그리고 방금, 거의 모든 곳에 금이 가 있었지만, 아직 깨지진 않은 거울에 내가 직접 몸을 던져 깼어. 이게 내가 하고 싶은 말이야. 난 너, 꾸며지지 않은 날것의 나를 받아들이고 기꺼이 드러낼 준비가 되었어. 너에게 나약한 나를 내가 용서받을 수 있을까?

그는 지금까지와는 사뭇 다른 표정을 하고 나를 바라보았다. 그리고 이내 입을 열었다.

– 갑자기 왜…

나는 그의 말을 끊고 나의 말을 하였다. 지금까지 그

의 말을 끊은 이유는 그저 내가 그를 불쾌하게 만들고 싶은 것이었다. 하지만 지금은 그게 아니었다. 그저 내 진심을 소중한 사람에게 조금 더 빨리 말해주고 싶었다.

– 꼭 할 일이었으니까. 그리고 또 해야 할 말이 있어

그는 딱히 나에게 뭐라 말하진 않았지만 수락하는 눈빛이었다. 나는 그의 눈빛에 대답하였다.

– 미안해. 너에게 날 제대로 바라보라 한 주제에 난 널 계속해서 제대로 바라보지 않았어. 지금의 난 너에게 눈길 한 번 주지 않고는 강한 척 연기한 나약한 나에 대해 사과하고 싶어. 하지만 조금 늦었지. 내가 너무 오랫동안 그런 짓을 해서 이 정도의 사과가 너의 마음을 움직일 수 있는지 모르겠어

나는 왠지 모르게 울컥하는 기분이 들었다. 아마 그를 완벽히 바라보고 있단 증표일 것이다. 나는 고개를 들어 그를 보았다. 그도 나와 비슷한 기분인 것 같았다.

그는 그 표정을 잠깐 내려놓더니 살짝 웃었다.

아마 저 표정은 용서일 것이다.

내가 감사의 표정을 지어 보였을 때, 그는 나에게 다가와 나를 안았다.

그러자 난 다시 나의 몸으로 들어가게 되었다. 나와 자리가 바뀐 그가 나에게 무해한 웃음을 보였다.

우리는 아니, 나와 나는 함께 외쳤다.

- 잘해보자고!

너와 나에서 우리로 하나가 된 존재는 구름 한 점 없는 높고 맑은 가을 하늘 같은 웃음을 지으며, 달빛에 의지하고 있던 하늘을 점점 밝혀왔다.

에필로그

그 사단이 있던 이후로 벌써 일주일이 지났다.

그와 만남은 여러모로 피곤했지만, 덕분에 난 성장할 수 있었다. 나는 조금 더 나 자신이 될 수 있었다. 그것 때문에 날 별로 좋아하지 않는 사람도 더 생겼지만, 나를 좋아하지 않는 사람들까지 내가 좋아할 필요는 없다고 생각했다.

다행하게도 테루키에게는 내가 '그'에게 했던 것처럼 꾸미지 않고 나의 진심으로 마음을 전달한 결과, 성공적으로 화해할 수 있었다.

오늘은 이 학교에서 시험을 제외한 중요한 행사 하

나가 열리기 전날이다. 어떻게 보면 시험보다도 중요하다 할 수 있겠다.

그건 바로, 타카마가하라 학생 친목회.

이름만 보면 그저 평범해 보인다. 다른 학교의 친목회라면 서로 만나서 노는 평범한 행사일 것이다. 하지만 타카마가하라는 별나다. 일본의 상류층 학교로써, 학생 친목회는 그야말로 사교계 데뷔다. 이 친목회에서는 파트너와 함께 참석하게 되는데 거의 3년간 파트너는 고정이다. 딱히 그런 규칙은 없지만, 암묵적인 규칙이다. 왜냐하면, 이 행사에서 같이 참석하는 파트너는 거의 미래 배우자라고 봐도 무방하기 때문이다. 이러한 분위기 때문에 부모끼리 서로의 파트너를 골라주는 경우도 많다.

이 이름뿐인 친목회에서 가장 큰 관심을 받는 건 당연히 학생회, 특히 그중 권력이 가장 강한 학생회장이다. 다시 말해, 내가 가장 큰 관심거리라는 거다. 그래서 난 모두를 놀라게 하고 싶었다. 모두가 내가 이토시키이기 때문에 카미야와 함께 올 거라 예상할 것이다. 뭐, 그 예상은 합리적이다. 막 틀린 예상은 아니다.

오늘이 파트너 신청의 마지막 날이다. 이제 슬슬 삿포로부터 오키나와까지 뜨겁게 만들 나의 계획을 실행시킬 시간이다. 점심시간 난 누군가의 책상에 쪽지 한 장을 놓고 갔다.

그 쪽지에는 '9시, 기다릴게'라고 한 마디가 적혀 있었다. 쪽지의 주인은 분명 이해하고 살짝 웃었을 것이다.

8시 44분, 난 편안한 차림으로 약속 장소로 향했다. 그 장소는 카미야가의 저택 쪽문이었다. 난 날 반겨주는 테루키를 멀리서도 확인할 수 있었다. 테루키는 언제나처럼 활기찬 목소리로 나에게 물었다.

- 오늘은 왜 부른 거야?

난 전혀 놀라지 않았지만, 놀란 척을 하며 말했다.

- 에? 몰라서 묻는 거야?
- 어떻게 알아. 쪽지 하나밖에 없었는데. 나와준 나에게 경의를 먼저 표해

분명 호의적이지 않은 말이었지만, 목소리에는 전혀 날 공격할 생각이 없었다. 난 그 말에 맞추어 대답했다.

- 네 네, 감사드려야죠. 그래서 정말 모르신다고요?
- 그렇게 됐네

나는 테루키의 놀란 표정을 기대하며 아무렇지 않은 척 말하였다.

- 친목회 같이 가자고요

나도 담담한 척 말했지만, 이 말을 하기까지 오랜 고

뇌의 과정이 있었다. 아까도 말했듯이 이 파트너는 내 미래의 동반자로 봐야 한다. 그러니까 같이 가자고 말하는 건 단순한 고백이 아니라 프러포즈인 셈이다.

테루키는 놀란 표정을 짓더니 이내 진짜 자신의 표정을 지었다.

– 그 말 할 줄 알았어. 근데, 너 정말 후회 안 하겠어? 정말 나 같은 거로 괜찮겠냐고. 너희 집안 어르신들도 나를 안 좋아하는데. 너 정도면 내가 아니라…

나는 말하고 있는 테루키의 입술에 살며시 내 입술을 가져다 댔다. 테루키의 놀란 표정이 가까이서 느껴졌다. 나는 입술을 떼고 아무 일 없었다는 듯 능청스레 테루키에게 다시 물었다.

– 집에서 반대하면 나가버리면 되지. 나는 부담뿐인 가문보다 네가 훨씬 소중해. 어떤 밝은 별들이 있어도 나에겐 밝은 달을 비추기 위한 배경으로만 보여. 달이 스스로 빛을 내지 못한다고 하지만, 태양이 있으면 이야기가 달라지잖아. 그럼, 태양이 영원히 달을 비추면 되지. 그러니까…

내가 머뭇거리고 있던 사이 테루키가 입을 열었다.

– 다 판을 깔아놓고 결정타를 못 날리네. 나랑 사귀자, 한마디면 되잖아. 그렇게 어중간하게 있으면서

아까 그건 어떻게 한 거야

테루키는 그렇게 말하면서도 여전히 얼굴이 붉었다.

- 저랑 사귀어 주실 수 있으시겠습니까?

테루키는 장난치려는 표정으로 나에게 말했다.

- 싫다면?

난 능청스레 그 장난을 받아쳤다.

- 거짓말인 걸 알아

다시 테루키가 웃으며 말했다.

- 하하, 들켜버렸네

그렇게 돌팔매질 막아주기부터 시작한 우리의 관계는 이렇게 매듭이 지어졌다. 생각해 보니 내 이름을 꽤 잘 지은 것 같다. 그 이상한 이름이 없었다면 이런 상황도 없지 않겠는가?

난 이제 더 이상 절망이 아니다.

날 향해 밝게 빛나는 달이 있으니.

황지원 작가의 말

처음에는 설정을 잘 잡았다고 생각해서 글이 쉽게 써질 줄 알았습니다. 하지만 전체 분량의 약 5분의 3쯤 쓴 시점에서, 앞부분을 생각 없이 써 내려간 탓에 중간 개연성을 맞추고 설정을 다듬는 작업이 필요해졌습니다. 특히 마지막 부분에서는 인물 간 갈등을 자연스럽게 해소하기 위해 많은 고민과 시간이 들었습니다. 그만큼 공들였기 때문에, 인물들의 감정 변화와 관계 회복이 보다 설득력 있게 그려졌다고 생각합니다.

저는 글을 쓸 때 하나의 노래를 테마곡처럼 정해두고, 그 노래나 가사의 분위기에 맞춰 이야기를 구성하는 편입니다. 이 작품을 쓸 때는 kemu의 「친애하는 도플갱어에게」, 누유리의 「픽서」, Misumi의 「알터 에고」를 들으며 글을 구상했습니다. 작품을 읽은 뒤 이 곡들의 가사를 함께 감상하신다면, 이야기 속 감정선이 더 깊게 와닿을 수 있을 거라 생각합니다.

인물의 이름에는 특별한 의미를 담고자 했습니다. 주인공의 성 '이토시키(糸色)'는 일본어 고어 표현인 '이토시키(愛しき)'와 발음이 같아 '사랑스러운'이라는 뜻을 품고 있습니다. 그리고 이름 '우라무'는 일반적으로는 '원망하다(恨む)'라는 뜻이지만, 저는 여기서 한자 '望(바랄 망)'의 의미를 확장해 '바라다', '바라보다', '보름달(望月)'과 같은 상징을 담았습니다. 표준

  일단, 학원물

적인 읽기는 아니지만, 일부 비상용 독음으로 'うらむ (우라무)'가 존재하며, 창작 설정으로서 충분히 의미가 있다고 판단했습니다. 그래서 '이토시키 우라무'라는 이름은 '사랑스러운 보름달'이라는 뜻의 언어유희로 설정했습니다.

또한 우라무의 친구인 테루키는 '빛나는 달(輝月)'이라는 이름을 가지고 있으며, 그의 성 '카미야(神夜)'는 '신의 밤'을 의미합니다. 테루키는 이야기 속에서 어른들의 시선이 닿지 않는 어두운 공간에서 저질러진 잘못을 직시하고, 그것을 밝히려는 인물로 등장합니다. 마치 '신의 밤을 비추는 달'처럼, 그는 숨겨진 진실을 드러내는 역할을 합니다. 그런 테루키(=빛나는 달)를 우라무(=바라다)는 원하게 됩니다. 이처럼 인물의 이름과 상징을 통해, 이야기의 흐름과 관계의 변화를 더 깊이 담아내고자 했습니다.

이름에 이런 의미를 담고 싶어 비교적 상징 부여가 쉬운 일본어 이름을 선택하게 되었고, 그 과정에서 자연스럽게 이야기의 배경도 일본이 되었습니다. 그 외의 특별한 이유는 없습니다.

또한 이 작품에서 테루키는 끝까지 성별이 드러나지 않는 인물입니다. 이야기가 우라무의 시점으로 전개되기 때문입니다. 제가 해석한 우라무는 테루키라는 인물 그 자체에서 나오는 빛에 끌린 것이고, 그 인물이 어떤 성별이든 성격과 존재감이 같았다면 여전히 좋아했을 것입니다. 테루키 역시 자신을 진심으로 바라보는 사람에게 마음을 여는 인물로 설정했기 때문에, 두 사람 사이에서 성별은 중요하지 않은 요소였습니다. 만약 이 이야기가 테루키의 시점에서 쓰였다면, 오히려 우라무의 성격이나 성별이 명확히 드러나지 않았을지도 모릅니다.

이야기를 완성하기까지 쉽지 않은 여정이었지만, 곳곳에 담긴 디테일과 상징, 복선을 하나하나 짚으며 읽어주신다면 이 작품이 가진 매력을 더 깊이 느끼실 수 있을 거라 생각하며, 천천히, 여러 번 읽는걸 추천드립니다.

일단, 학원물

CODE NAME

이은성

 일단, 학원물

– 코하네!

누군가 익숙한 목소리로 코하네의 이름을 불렀다. 코하네는 뒤를 돌아봤다. 연한 갈색 단발머리에 귀엽게 생긴 코하네의 소꿉친구, 코나츠 였다. 코하네는 걸음을 멈추고 코나츠를 바라봤다.

– 뭐야, 오늘따라 일찍 등교하네?

코나츠는 숨을 고르며 코하네의 옆에 섰다. 그러고는 해맑게 웃으며 말했다.

– 응, 오늘따라 눈이 일찍 떠졌어! 오늘은 선생님께 잔소리 안 듣겠지?

코하네는 고개를 끄덕이며 코나츠의 걸음에 맞춰 나란히 걸었다.

– 아무래도 그렇겠지. 아직 8시니까

코나츠는 기분이 좋은 듯 흥얼거렸다.

– 그럼, 반성문 쓸 필요도 없고, 잔소리 들을 일도

없고, 일석이조네!

코하네는 그런 코나츠를 보며 살짝 웃었다.

- 반성문 쓰는 거랑 잔소리 듣기 싫으면 매일 일찍 나오면 되는 거 아냐?

코하네의 말에 코나츠는 질색하며 손을 내저었다.

- 그건 도저히 못 하겠어! 일찍 일어나는 건 너무 힘들단 말이야!

코하네는 그런 코나츠가 못 말린다는 듯 고개를 저었다.

- 하여튼… 그럴 줄 알았어

코하네의 반응에 코나츠는 그저 웃었다.

학교에 도착하고, 코하네와 코나츠는 다른 반이어서 복도에서 헤어졌다. 코하네는 자신의 교실로 들어갔다.

[드르륵-]

코하네가 교실 문을 열자마자 인사하는 소리가 들렸다. 짧은 투블럭 머리 스타일에 수영부같이 생겼지만, 본인피셜 절대 수영을 못 한다는 코하네의 옆자리 짝꿍인 유토였다.

- 코하네, 좋은 아침!

코하네는 고개를 끄덕이며 유토의 옆자리에 앉았다.

- 좋은 아침, 유토

유토는 코하네가 자리에 앉자마자 이야기를 시작했다.

- 내가 어제 보내준 릴스 봤어? 대박이지 않아?

어제 유토가 보내준 릴스를 떠올렸다. 밴드의 한 드러머가 엄청난 실력으로 무대를 장악했던 영상이 생각났다. 코하네는 고개를 끄덕이며 답했다.

- 응, 대박이더라. 너도 드럼 칠 줄 알지 않아?

코하네의 물음에 유토는 곤란하다는 듯이 웃으며 말했다.

- 음… 칠 줄은 아는데, 그 정도로 잘 치진 않아

코하네는 이해했다는 듯이 고개를 끄덕였다.

- 그래도 칠 줄 아는 게 어디야. 드럼 못 치는 사람이 우리 반에만 해도 반절은 넘을걸?

코하네의 말에 유토는 자신감이 생긴 듯 팔짱을 끼며 웃었다.

- 그런가? 그럼 좀 자신감이 생기는데?

코하네는 그런 유토를 보면서 미소 지었다.

곧, 종이 울리고 조회를 하러 담임 선생님이 들어왔다.

- 어제 선생님이 공지한 대로 동아리 창설은 오늘까지니까 참고하고, 동아리 창설하고 싶은 사람은 금일까지 교무실로 와. 오늘 안 온 사람?

담임선생님은 간단하게 출석 체크만 하고 교실을 나갔다. 교실은 금세 시끄러워졌다. 코하네는 생각에 잠겼다. 이 학교는 희한하게 밴드부가 없었다. 평소 밴드에 관심이 많았던 코하네에게는 안 좋은 상황이었다. 그래서 코하네는 밴드부를 만들어 보기로 했다. 코하네는 옆에서 필기도구들이 넘어지지 않게 집중해서 세우고 있는 유토의 어깨를 손가락으로 툭툭 쳤다. 그러자 유토가 세우고 있던 필기구들이 와르르 무너져 내렸다. 유토는 아쉽다는 듯한 표정으로 코하네를 바라봤다.

- 왜? 무슨 일 있어?

코하네는 유토의 물음에 망설이다가 입을 뗐다.

- 우리 밴드부 만들래?

코하네의 말에 유토는 놀란 표정을 지었다. 잠시 고민하더니 고개를 끄덕였다.

- 그래! 까짓거 해보자!

유토의 망설임 없는 대답에 코하네의 얼굴이 밝아졌다.

- 그럼, 우리 부원들 모으자! 내가 보컬할게. 기타 최소 1명 이랑 베이스 1명, 드럼은 너!

유토는 신이 난 듯 흔쾌히 수락했다.

- 좋아! 담임선생님이 오늘 중으로 교무실 오라고 했으니까. 좀 촉박하긴 해도 재밌겠다!

코하네는 고개를 끄덕였다. 마침, 베이스와 기타를 다룰 줄 아는 사람들을 알기에 큰 걱정은 하지 않았다. 조회가 끝나는 종이 울리고 통하기라도 한 듯 각자 부원들을 찾으려 코하네와 유토는 바로 자리에서 일어나 교실을 나섰다.

[드르륵-]

코하네는 B반으로 들어가 코나츠를 찾았다. 코나츠는 창가 자리에 앉아서 같은 반 친구들과 이야기를 나누고 있었다.

- 코나츠! 잠시 시간 돼?

코하네가 자신의 반에 찾아오자, 코나츠가 환하게 웃었다. 왜냐하면, 코하네가 반으로 찾아온 것이 오늘 처음이기 때문이었다.

– 당연하지! 무슨 일인데?

코하네는 코나츠에게 다가가서 물었다.

– 밴드부 창설할 건데, 너 기타로 들어올래?

코나츠는 갑작스러운 제안에 놀란 듯했지만, 흔쾌히 수락했다.

– 좋아! 지금 누구 있는데?

코하네가 신이 난 듯 말했다.

– 보컬이랑 드럼, 기타. 보컬은 나고 드럼은 내 반 유토라는 남자애. 기타는 너

코나츠는 고개를 끄덕였다.

– 필요할 때 불러! 난 언제든지 환영이니까!

코하네는 고개를 끄덕이며 B반을 나섰다. 그리고 곧장 D반으로 향했다.

[드르륵–]

- 여기 혹시 젠있어?

코하네의 물음에 반 안에 있던 D반 친구가 구석 자리를 가리켰다. 구석 책상 위에 앉아서 친구들과 웃고 떠들고 있는 남자애가 보였다. 장발에 첫사랑의 상대로 적합하게 생긴 코하네의 중학교 동창인 젠이었다. 코하네는 그런 젠에게 다가가며 이름을 불렀다.

- 젠! 잠시 시간 돼?

친구들과 웃고 떠들다가 코하네의 목소리가 들리자, 그쪽으로 시선을 돌리는 젠. 젠은 살짝 웃으며 고개를 끄덕였다.

- 응, 무슨 일인데?

코하네는 조심스럽게 물어봤다.

- 혹시, 밴드부 창설할 건데 베이스로 들어와 줄 수 있어?

젠은 잠시 고민하더니 물었다.

- 누구 있는데?
- 드럼은 내 반 남자애 유토라는 애고, 기타는 코나츠, 보컬은 나. 오늘까지 알려줘야 해

젠은 고민하는 듯싶었다. 그러자 옆에서 가만히 듣

고 있던 젠의 친구들이 젠을 부추겼다.

- 야, 해봐! 너 베이스 잘 치잖아
- 그래, 잘할 것 같은데?

젠의 친구들이 젠을 부추기자 하는 수 없다는 듯이 고개를 끄덕였다.

- 좋아, 할게

코하네는 고개를 끄덕이고 젠의 반을 나섰다. 젠, 유토, 코나츠, 그리고 코하네. 동아리를 창설하려면 최소 5명은 있어야 한다. 한 명이 부족하다. 코하네는 고민하며 반으로 돌아갔다.

[드르륵-]

교실 문을 열고 들어가자 유토가 코하네 자리에 앉아 있는 어떤 여자애와 이야기를 나누고 있었다. 코하네는 무슨 일인가 싶어서 그 둘에게 다가갔다.

- 유토, 뭐해?

유토는 코하네를 발견하자 웃으면서 코하네의 자리에 앉아 있는 여자애를 소개해 줬다.

- 아, 코하네! 얘는 이로하라고 일렉기타 다룰 줄 안대!

　　　　　일단, 학원물

코하네는 이로하라는 아이를 바라봤다. 울프컷을 한 머리 스타일에 예쁘면서도 잘생긴 여자아이였다. 코하네는 이로하의 외모를 빤히 바라봤다. 이로하는 그런 코하네를 보며 웃었다.

- 안녕, 이름이 뭐야?
- 코하네. 이로하라고 했었나?

이로하는 웃으면서 고개를 끄덕였다. 유토가 끼어들며 말했다.

- 코하네, 부원들은 모았어?
- 아, 맞다. B반에 코나츠라는 여자애가 일렉기타 할거고, D반에 젠이라는 남자애가 베이스. 너랑 나랑 이로하까지 합치면 총 5명

유토는 코하네의 말을 듣고 손뼉을 짝 치며 웃었다.

- 오! 아슬아슬하게 최소 인원 맞췄네! 좋다!

이로하도 옆에서 맞장구를 쳐줬다.

- 곧 종 치니까 1교시 끝나고 교무실로 가면 되겠다. 내 반은 C반이야. 필요한 거 있으면 C반으로 오면 돼, 알겠지?

그렇게 말하고는 이로하가 자리에서 일어나 코하네와 유토에게 손을 흔들며 반을 나갔다. 코하네는 자리

에 앉았다. 코하네가 안자마자 유토가 말을 걸어왔다.

- 밴드 이름은 뭐로 할 거야?

코하네는 멈칫했다. 밴드이름을 생각하지 못했다.

- *끄응*

코하네가 심각하게 고민하고 있자 유토가 말했다.

- 이따가 점심시간에 부원들 모아서 상의해 볼래?

유토의 제안에 코하네는 고개를 끄덕였다.

- 좋은 생각인데? 그럼, 점심시간에 다 불러 모아 옥상 가서 도시락 먹으면서 상의하자!
- 오~ 완전 청춘이잖아! 좋아, 즐기자!

그렇게 유토와 코하네가 웃고 떠드는 사이 1교시를 알리는 종이 쳤다.

◎

1교시가 끝나고 유토와 코하네는 바로 교무실로 향했다.

[드르륵-]

 일단, 학원물

코하네가 문밖에서 교무실 안을 바라봤다. 저 안쪽에서 업무를 보고 있는 담임선생님이 보였다. 코하네와 유토는 교무실 안으로 들어가 담임 선생님께 다가갔다.

– 나츠미 선생님

코하네가 담임 선생님인 나츠미에게 말을 걸었다. 자신을 부르는 목소리에 나츠미는 보고 있던 서류를 내려놓고 코하네와 유토 쪽을 바라봤다.

– 무슨 일이니?

코하네가 우물쭈물 해하고 있자, 유토가 말했다.

– 동아리 창설하려고 하는데요, 서류 주실 수 있으세요?

유토가 눈을 반짝이며 물어보자, 나츠미는 당연하다는 듯이 고개를 끄덕이며 파일철을 꺼내 동아리 창설 서류를 건넸다. 그리고 한마디 덧붙였다.

– 오늘 종례 시간까지 내야 해. 알겠지?

유토와 코하네는 한껏 밝아진 표정으로 고개를 끄덕이고 교무실을 나섰다. 그리고 교무실 문을 닫고 둘이서 설레발을 치면서 교실로 걸어갔다.

- 진짜 우리 밴드부 만드는 거야?! 막, 공연도 하
고?!
- 당연하지. 무조건 무대에 오를 거야

코하네는 다짐하듯이 말하며 유토를 바라봤다. 유토
도 비장한 표정으로 고개를 끄덕였다.

- 좋아, 무대를 장악해 버리는 거야!

유토의 터무니 없는 말에 코하네는 웃음이 나왔다.
그도 그럴 것이, 아직 합주도 안 해봤고, 부원끼리 만
나본 적도 없는 데다가 창설하겠다고 이제 막 서류를
받아온 참이었으니까. 그럼에도 유토의 패기 넘치는
말에 코하네도 맞장구쳐줬다.

- 그래, 무대를 장악해 버리자!

◎

점심시간이 되어, 유토와 코하네는 각 부원을 챙겨
옥상에서 만나기로 했다. 옥상은 언제나처럼 활짝 열
려있었고, 마을의 모습이 훤히 보일 정도로 풍경이 좋
았다. 옥상의 한구석에는 예전 선배들이 마련해 두고
간 것처럼 보이는 작은 텃밭이 있었고, 그곳에는 토마
토와 양상추 등 여러 작물이 자라나고 있었다.

　　　　일단, 학원물

모든 부원이 한곳에 모였다.

어색함만이 주위를 맴돌았다. 그렇게 말이 많던 유토와 코나츠는 입을 꾹 다물었다. 친화력이 가장 좋다고 생각했던 둘이었는데, 의외로 낯을 가렸다. 그다지 말이 없을 줄 알았던 젠은 오히려 말을 많이 했고, 이로하도 그러했다. 젠이 말했다.

- 우리 밥은 언제 먹을 거야? 도시락도 잘 챙겨왔는데

다들 너무 어색해서 밥을 먹는다는 사실도 잊어버렸었다. 도시락이 앞에 떡하니 있는데도 몰랐으니, 얼마나 어색했던 걸까. 모두가 민망한 듯 웃으며 도시락 뚜껑을 열었다. 도시락 반찬들은 각기 달랐다. 코하네는 유부초밥과 여러 과일을 담아왔고 이로하는 문어 모양의 소시지, 닭 모양 달걀 그리고 흰 밥, 코나츠는 여러 개의 주먹밥, 젠은 후리카케가 뿌려진 흰 밥과 계란말이 그리고 토마토, 마지막으로 유토는 흰 밥과 매실장아찌를 싸서 왔다. 5명씩이나 모였는데도 메뉴가 하나도 겹치지 않았다. 서로가 신기한 듯 각자의 도시락을 바라봤다.

- 메뉴가 다 다르네?
- 그러게. 신기하다
- 우리 나눠 먹을래?
- 나쁘지 않은 생각이네

- 오, 그럼 나 이로하 꺼 먹어볼래!

코나츠가 젓가락을 들고 이로하의 도시락에서 소시지를 집어 먹었다. 이로하는 놀란 듯싶었지만, 씩 웃으며 코나츠의 주먹밥을 집어 먹었다. 코나츠는 이로하의 갑작스러운 행동에 멈칫했지만, 웃음이 터져 나온 듯 활짝 웃었다. 이로하도 웃음이 터진 듯같이 마주 보면서 웃었다. 그 모습을 본 다른 부원들도 웃음이 번진 듯 따라 웃었다. 박장대소를 하면서 유토가 말했다.

- 둘이서 뭐 하는 거야? 나도 끼워줘!

유토의 말에 다들 한 번 더 웃음이 터졌다. 이 구성원으로 무조건 밴드부를 창설해야겠다는 생각이 들었다. 코하네는 도시락과 함께 가져온 동아리 창설 서류와 볼펜을 꺼냈다.

- 우리 밴드 이름 정해야 하는데, 뭐로 할래?

웃고 떠들던 아이들이 금세 고민에 빠졌다. 이로하가 먼저 입을 뗐다.

- IGNITE 어때? '불을 붙이다'라는 뜻인데, 무대에서 우리 존재를 불처럼 확 붙여버리는 거지

이로하의 말에 다들 고민하더니 코나츠가 슬쩍 말했다.

        일단, 학원물

- 저기… 소다팝은 어때?

코나츠의 제안에 유토도 생각 난 듯 말했다.

- 오오! 난 고고밴드! 고고!

코하네는 그런 유토의 농담에 피식 웃었다. 젠이 말했다.

- 그런 귀여운 거 말고, AFTERGLOW 어때? '저녁놀'이라는 뜻인데, 뭔가 여운이 남잖아. 우리 밴드도 여운이 남는 밴드였으면 좋겠어

젠의 제안에 다들 나쁘지 않은 듯 모두가 고개를 끄덕였다. 마지막으로 코하네가 말했다.

- CODENAME 어때? 뭔가 비밀스러운 게 많은 밴드 같아서 좋은데

코하네의 제안도 나쁘지 않은 듯한 반응이었다. 소다팝, 고고밴드, AFTERGLOW, CODENAME, IGNITE 중에 무슨 이름으로 할지 코하네는 심각한 고민에 빠졌다. 이렇게 많은 의견이 나올 거라는 것을 전혀 예상하지 못했었다. 끽 해봤자 2~3개가 나올 줄 알았는데, 예상을 빗나갔다. 코하네가 심각하게 고민하고 있자, 유토가 말했다.

- 밴드부 만들고 싶다던 사람이 제안한 이름으로 하

자!

유토의 말에 다른 부원들도 고개를 끄덕였다.

- 그래, 그러자
- 그럼, 코하네가 말한 CODENAME! 좋다! 멋져!
- 좋은 생각이네
- 다 정했으니까. 우리 이제 밥 먹을까?

밴드 이름을 정하느라 밥 먹는 것도 까먹어 버린 부원들이었다. 부원들은 해맑게 웃으며 각자 젓가락을 들어 밥을 먹기 시작했다. 코하네도 밴드 이름이 정해져 안심한 듯 아이들을 따라서 밥을 먹었다.

- 근데, 우리… 밴드부실은 어디일까?

밥을 먹다 말고 유토가 물었다. 코하네가 말했다.

- 글쎄? 음악실 아닐까?
- 우리 악기는?

젠의 물음에 모두가 조용해졌다. 왜냐하면 음악실에 악기가 없었기 때문이다. 유토가 몇 마디 덧붙였다.

- 난 드럼인데, 드럼을 어떻게 들고 와? 건반은?
- 아, 건반 안 구했다

코하네의 말에 모두가 조용해졌다. 코하네는 '이러

        일단, 학원물

다 밴드부 창설 못 하는 건 아니겠지?'라고 생각하며 고민에 빠졌다. 이로하가 의아한 듯 말했다.

- 엥? 지금 악기 뭐 있는데?
- 베이스, 드럼, 보컬 그리고 기타 둘…

또다시 정적이 흘렀다.

- 저기… 굳이 건반이 필요할까?

코나츠가 어색하게 웃으면서 말했다. 그러자 다른 부원 아이들이 이구동성으로 말했다.

- 응, 무조건

그 말에 코나츠가 주눅 들었다. 코하네가 코나츠의 등을 토닥여주며 말했다.

- 건반은 내가 어떻게든 구해올게. 일단, 서류 작성 하고 내가 나츠미 선생님께 제출할게. 건반은 나중 에 밴드부 창설되면 뽑자

코하네의 말에 아이들이 고개를 끄덕였다. 코하네는 재킷 주머니에서 볼펜을 꺼내 동아리 창설 서류를 작 성했다. 처음으로는 부원들의 이름과 학번, 그다음에 창설 이유, 마지막으로 밴드 이름을 적었다. 코하네는 서류를 작성한 후, 아직 다 먹지 않은 도시락을 챙겨 자리에서 일어났다.

- 난 먼저 가볼게. 서로 친해지고 있어

그렇게 말하고는 옥상을 나섰다. 부원들은 아직 밥도 다 먹지 않은 코하네가 걱정스럽기도 했지만, 크게 신경 쓰지 않고 마저 밥을 먹었다. 코하네는 도시락을 교실에 두고 교무실로 향했다.

[똑똑-]

이제는 익숙하게 교무실 문을 열고 들어갔다. 저 멀리서 벌써 점심을 다 먹은 나츠미가 업무를 보고 있었다. 코하네는 그런 나츠미에게 다가가 동아리 창설 서류를 책상 위에 조심히 올려두었다.

- 나츠미 선생님, 동아리 창설 서류요

나츠미는 업무를 보다가 말고 코하네가 올려둔 동아리 창설 서류를 바라보았다. 곧, 나츠미가 입을 떼었다.

- 밴드부? 너희 밴드부 하려고?

코하네는 고개를 끄덕였다. 그러자 나츠미는 살짝 걱정스러운 표정으로 바뀌더니 말했다.

- 우리 학교가 밴드부 같은 예체능에 관한 동아리 창설이 어려워서… 우리 학교가 명문대 가는 것을 목표로 하는 학교인 건 알고 있지? 교장 선생님께 허락을 구하긴 해볼 건데, 안 될 확률이 높다는 건

알고 있어야 할 것 같아

코하네는 나츠미의 말에 충격을 받았다. 코하네의 학교가 입시를 가장 중요하게 생각하고 있다는 것을 잊고 있었다. 코하네는 이 학교에 입학할 때까지 밴드부가 없었던 이유를 이제야 알 것 같았다. 그래도 나츠미가 교장 선생님께 허락을 구해본다고 했으니, 일단은 믿고 맡기는 수밖에 없었다.

- 네, 감사합니다

코하네는 고개를 끄덕이고는 교무실을 나섰다.

작게 한숨을 쉰 코하네는 아직 큰일이 하나 더 남아 있었다. 밴드에서 건반 칠 사람을 구하는 것. 코하네는 어떻게 구해야 할지 전혀 감이 잡히지 않았다. 코하네는 고민하면서 복도를 걷다가 무심코 학교 게시판으로 시선을 돌렸다. 거기에는 여러 가지 전단이 붙여져 있었다. 동아리 모집 기간이라 그런지 동아리 모집 공고가 많이 붙어져 있었다. 코하네는 동아리 모집 공고들을 구경하다가 갑자기 좋은 생각이 나서 교실로 뛰어갔다. 코하네는 교실로 들어오자마자 가방에서 왜인지 모르게 항상 가지고 다녔던 A4 용지를 꺼내 그림을 그리기 시작했다. 기타와 베이스, 드럼과 마이크, 마지막으로 건반을 그렸다. 그리고 빈 곳에 글씨와 자신의 번호를 적었다.

코하네는 만족한 듯 미소 지으며 다시 게시판 가서 게시판 가운데에 자신이 그려놓은 포스터를 붙였다. 코하네는 뿌듯한 듯 그것을 잠시 바라보다가 옥상으로 올라갔다. 옥상에는 여전히 부원들이 있었다. 밥을 다 먹은 듯 도시락은 정리되어 있었고, 부원끼리 친목을 다지며 시끄럽게 수다를 떨고 있었다. 코하네는 희미한 미소를 지은 채 그들에게 다가갔다. 그런 코하네를 발견한 코나츠가 활짝 웃으며 손을 흔들었다.

– 어? 코하네 왔다!

코나츠의 반응에 다른 아이들도 코하네를 바라봤다. 코하네와 아이들의 눈이 마주쳤다. 그 순간 옥상에 바람이 불어 밴드부 아이들의 머리카락과 옷이 흩날렸다. 코하네는 밴드부 부원들을 보며 활짝 웃었다. 밴드부원들도 코하네의 웃는 모습을 보며 덩달아 웃음을 지었다. 앞으로 여러 일들이 펼쳐질 것 같은 예감이 들었다.

◎

며칠이 지나고, 나츠미가 코하네를 따로 불렀다. 이번에 전일본 밴드 경연대회가 열릴 예정인데, 그곳에

　　　　　　　일단, 학원물

서 본선까지 진출해야 정식으로 밴드부를 만들어주겠다고 교장 선생님이 말씀하셨다고 했다. 그래서 일단은 학교 뒤편에 있는 창고가 앞으로 밴드부실이라고 했다. 학교 창고라고 해서 좀 놀랐지만, 뭐 어떤가. 꿈에 그리던 밴드부가 만들어질 곳이니 그것만으로도 좋았다. 코하네는 방과 후 시간이 되자마자 밴드부 부원들을 데리고 학교 뒤편에 자리한 창고로 향했다. 창고는 교실의 반밖에 안 되는 크기였다. 조금은 허름하고 주변에 풀이 무성했지만… 쓸만하다고 생각하고 창고 문을 열었다.

[끼익-]

창고는 생각보다는 깨끗했다. 진열장 몇 개와 쓰지 않는 책걸상 세트 3개만 있을 뿐이었다. 적당히 정리만 해놓으면 동아리 부실로는 충분히 활용할 수 있는 공간이었다. 그때, 밴드부실이 된 창고 안으로 유토가 달려 들어갔다. 그러고는 들뜬 듯 말했다.

- 와, 이게 우리 공간이야? 완전 비밀 아지트 같잖아!

유토의 반응에 코나츠도 뛰어 들어가 잔뜩 신이 난 채 말했다.

- 그러네! 어렸을 때로 돌아간 것 같아!

유토와 코나츠가 창고 안을 신나게 둘러보고 있을

때, 젠과 이로하, 코하네는 머리를 맞대고 진지하게 상
의했다.

 - 우리 악기는 어떻게 해?
 - 예산 얼마나 받았는데?
 - 그건 나츠미 선생님께 물어봐야 할 것 같은데
 - 드럼이랑 건반 살 돈은 있어야 해
 - 맞긴 해. 드럼은 필수고. 건반은 신청하는 거 보고
사면 될 것 같은데
 - 방과후 끝나고 나츠미 선생님께 한 번 물어볼게.
일단…

코하네는 먼지가 잔뜩 쌓인 창고 안을 바라봤다.

 - 오늘은 여기를 좀 청소할까?

코하네의 말에 젠과 이로하가 고개를 끄덕였다. 이
로하가 아직도 창고 안을 두리번거리고 있는 이인방
을 불렀다.

 - 코나츠, 유토! 청소하자!
 - 오! 청소? 청소 도구는 내가 갖고 올게!

유토가 청소 도구들을 가지러 가고 나머지 멤버들은
창고에 있는 문이란 문들은 싹 다 열어놨다. 그 과정에
서 창고 안은 먼지로 가득 찼다. 심지어 거미줄까지 있
었다. 얼마나 오래 안 썼으면 이렇게나 먼지가 쌓이고

거미줄까지 쳐지는 건지 의문점이 생길 정도였다. 곧, 유토가 청소 도구들을 들고 창고로 다시 돌아왔다. 유토와 이로하는 빗자루를 들고 바닥을 쓸었고, 코하네는 손걸레로 먼지들을 닦았고, 젠은 거미줄을 치웠고, 마지막으로 코나츠는 대걸레로 바닥을 닦았다. 그러자 창고는 아까보다는 훨씬 깨끗해졌다. 멤버들은 먼지 한 톨도 없어 보이는 창고를 보며 뿌듯해했다. 마지막으로 어질러져 있는 진열장들과 책걸상 세트 3개를 옮겨야 했다. 다 같이 진열장들을 벽에 붙이고, 가운데에서 자리를 차지하고 있던 책걸상들을 구석에 두었다. 그러자 자리가 훨씬 더 넓어졌다. 이로하는 힘이 빠진 듯이 말했다.

- 이제 더 이상 청소 안 해도 되는 거지?

코하네와 다른 아이들이 일제히 고개를 끄덕였다. 이로하는 터벅터벅 걸어서 구석으로 옮긴 책걸상 중 책상 3개를 이어 붙여 거기에 누웠다. 그 모습을 본 코나츠가 남겨진 의자들을 이어 붙여 따라 누웠다. 그 모습을 본 코하네가 웃음을 터트리며 핸드폰으로 그 모습을 찍었다.

- 푸핫! 너희들 뭐 하냐?

사진을 찍으면서 놀리듯이 웃는 코하네를 보며 이로하랑 코나츠가 벌떡 일어나 코하네의 폰을 뺏으려 달려들었다.

- 아! 그 사진 당장 지워, 코하네!
- 너무한 거 아냐? 완전 무방비 상태였는데!

티격태격 싸우는 셋을 보며 젠은 고개를 절레절레 젓고, 유토는 재밌을 것 같다는 듯이 눈을 반짝였다. 젠은 그런 넷을 한심하다는 듯이 쳐다보다가 손뼉을 쳤다.

- 애들아! 우리 상의할 거 있지 않아?

그러자 모두가 젠을 바라봤다. 코하네는 그제야 생각이 난 듯 말했다.

- 우리 악기 가져와야 하는데 어떻게 할래?

코하네의 물음에 이로하가 말했다.

- 베이스나 일렉기타 같은 건 가져올 수 있고, 앰프랑 마이크는 학교에 있으니까 그거 쓰면 되고 건반이나 드럼은…

이로하의 말에 다들 고민에 빠졌다. 곧, 젠이 말했다.

- 우리 예산 얼마나 있는데?

젠의 물음에 코하네가 말했다.

　　　　일단, 학원물

- 얼마 안 돼. 건반 살 돈도 없어

코하네의 말에 모두가 조용해졌다. 유토가 심각하게 고민하더니 좋은 생각이 났다는 듯이 밝아진 얼굴로 말했다.

- 중고로 살 돈은 있지?

유토의 물음에 코하네가 답했다.

- 지금 4만 엔밖에 없는데?
- 그걸로도 충분해!

유토는 핸드폰을 들고 무언갈 검색했다. 그러고는 코흐네에게 폰을 바짝 들이밀었다. 코하네는 당황했지만, 유토의 핸드폰 화면을 바라봤다. '중고 드럼 5만 엔에 팝니다. 있을 건 다 있고 좀 오래 써서 싸게 올립니다.'라고 쓰여 있었다. 코하네는 그걸 보고 나쁘지 않다고 생각하며 유토를 바라봤다.

- 그럼, 나머지 1만 엔은 어쩌게?

유토는 다 생각이 있다는 듯한 표정으로 코하네를 바라봤다.

- 당연히, 내가 내야지! 이럴 때를 대비해서 1만 엔 정도는 모아뒀다고!

코하네는 의외라는 듯이 유토를 쳐다봤다.

– 그럼, 드럼은 어느 정도 된 것 같고, 건반은?

코나츠가 말했다.

– 사람부터 구해야 하지 않을까?

코하네는 고개를 끄덕였다.

– 내가 학교 게시판에 포스터 붙여놨으니까, 연락이 오면 알려줄게.

코하네의 말을 듣고 이로하가 물었다.

– 건반 한다는 사람 오면 건반은 어떻게 구해? 그것도 중고로 사?

젠이 말했다.

– 그래야 하지 않아?
– 돈은 어떻게 하고?

이로하의 질문에 또 조용해졌다. 코하네가 고민하더니 말했다.

– 저번에 중고 건반이 2만 9천 엔밖에 안 했던 것 같은데

  일단, 학원물

코하네의 말에 젠이 나쁘지 않다는 듯이 고개를 끄덕였다.

- 그럼, 2만 9천 엔을 어디에서 구해?
- 알바? 최저시급이 960엔 정도니까 1달 일하면…
2만 8천 엔 정도?
- 근데, 우리 그 정도의 시간이 있어? 건반이 1달 넘게 안 나타날 수도 있지만, 바로 내일 나타나기라도 하면?
- 그럼, 회비를 걷자

젠의 말에 이로하가 말했다

- 얼마씩?
- 지금 5명이니까 5천 8백 엔씩만 걷으면 되겠는데?
- 5천 8백 엔 정도면 나쁘지 않네!
- 그럼, 건반은 사람 구해지고 나서 다시 얘기 나눠보자

코하네는 알겠다는 듯이 고개를 끄덕였다.

- 우리 매일 학교 끝나고 모여도 되는 거지? 무슨 노래로 합주할지 정해야 하기도 하고, 교장 선생님이 전 일본 밴드 경연대회에서 본선까지 진출해야 밴드부를 만들어준다고 하셔서 연습 되게 열심히 해야 해

코하네의 말에 모두가 깜짝 놀란 듯한 표정을 지어 냈다. 그중 가장 놀란 것은 젠이었다.

- 엥? 그냥 학교 축제에서 가볍게 공연하고 노는 거 아니었어?

젠의 물음에 이로하도 동참했다.

- 그러게. 나도 그런 줄 알았는데?

코하네는 젠과 이로하의 반응에 당황했지만, 침착함을 유지하고 말했다.

- 어쩔 수가 없어. 그래도 좋은 경험이라고 생각하고 해보는 게 어때?

한동안 밴드부실에서는 정적이 흘렀다. 곧, 이로하가 먼저 한숨을 푹 내쉬며 어쩔 수 없다는 듯이 말했다.

- 알겠어, 그럼. 안 되면 다른 동아리 들어가도 되니까

이로하의 동의에 젠도 하는 수 없다는 듯이 고개를 끄덕였다.

- 어쩔 수 없네

　　　　일단, 학원물

그렇게 밴드부의 첫 모임이 끝났다.

그다음 날에는 기타와 베이스를 가져와서 밴드부실에 장식해 두고 여러 인테리어 소품으로 창고를 꾸몄다. 코나츠는 귀여운 미니 소품들, 이로하는 식물, 유토는 유명한 밴드의 포스터, 코하네는 깔끔한 탁상시계 마지막으로 젠은 음악에 관련된 책 몇 권을 가져왔다. 각자의 취향이 담긴 소품들로 부실을 꾸며주니 이제 좀 분위기가 사는 것 같았다.

마지막으로 곡을 정했는데, 유토가 단순한 건 너무 재미가 없다면서 작곡 작사를 해서 합주를 하자는 제안이 나왔다. 처음에는 다들 망설였지만, 유토의 끊임없는 설득과 전 일본 밴드 경연대회에서 원래 있던 가요들을 선보이기에는 애매해서 결국 작곡 작사를 해보기로 했다. 다들 작곡이나 작사를 해본 경험은 없지만, 도전하는 마음으로 각자 집에서 하기로 했다. 밴드부가 창설되고 나서 처음 생긴 숙제였다.

많은 것들이 지나갔던 어제를 생각해 보니 머리가 지끈거렸다. 그래도 즐기면서 작사 작곡을 해보기로 한 코하네는 공부하던 교과서를 덮고 빈 공책을 꺼내 들었다. 연필을 들고 골똘히 생각에 잠긴 코하네는 작사를 먼저 해보려고 했지만, 생각이 도저히 나지 않았다. 경연대회에서 본선까지 진출하려면 어느 정도로 잘 해야 하는지 감도 잡히지 않아 코하네는 책상에 머리를 쿵 하고 내리쳤다. 도대체 노래를 만드는 사람들은 작사를 어떻게 하는 건지 궁금해졌다. 코하네는 머리를 쥐어 짜내며 생각에 잠겼다가 자신이 하고 싶은, 자신만이 할 수 있는 가사를 적어 내려갔다.

조용한 합주 속, 우리만의 수신호는
무엇일까? 말없이도 닿는 마음 하나씩
꺼내어 우리만의 이야기를 만들어가.
하나씩 코드를 바꿔나가. 서로의 색깔이 섞여
하나의 멜로디가 되어 이 세상
어디에도 없을 우리만의 색을 만들어가

몇 자 안 되는 가사를 썼는데, 벌써 창작의 고통을 느낀 코하네는 공책을 덮고 침대에 벌러덩 누워버렸다. 유토 그 자식이 먼저 말을 꺼내지만 않았어도 이런 창작의 고통을 느낄 일도 없었을 텐데 말이다. 코하네는 한숨을 푹 쉬며 머릿속으로 온갖 불평불만들을 늘어놓았다. 그래도 경연대회 본선까지 진출하려면 어쩔 수 없이 해야 한다고 생각하며 몸을 일으키는 순간, 휴대전화에서 알람이 울렸다.

[띠링–]

코하네는 책상 위에 둔 핸드폰을 집어 들어 알람의 주인을 확인했다. 코나츠였다.

– 코하네! 작사는 잘하고 있어?
– 응, 방금 조금 썼어
– 오! 나도 좀 썼는데! 한번 봐줄래?
– 그래

바람이 불어오고 우리 머리칼은 자유롭게
흩날려. 마치 단 한 번뿐인 청춘처럼.
지금, 이 순간을 즐겨. 모든 걸 쏟아내,
후회는 없어. 진짜 우리를 상징하는
단 하나의 단어, 코드네임.
너만 알고 있던 그 말이 어느새 모두의 언어가
되는 날까지 포기하지 말고, 나아가.
너만의 색을, 너만의 이름을 그려가.
아무리 힘들어도 이겨내는 게
우리들의 매력 넘어져도 괜찮아.
우리는 계속 함께니까.
언제까지나, 어디서든

생각보다 잘 쓴 코나츠의 가사를 보고 코하네는 놀랐다. 무엇보다 코하네가 쓴 가사와 스타일이 비슷해서 크게 수정할 부분도 보이지 않았다. 역시, 소꿉친구라 생각하는 것도 비슷해진 것 같았다. 이 정도면 경연대회에서도 충분히 할 수 있을 것 같은 느낌이었다.

– 오, 잘 썼네. 나랑 스타일이 비슷한데?
– 진짜? 다행이다!

그렇게 코나츠와 몇 번 더 대화를 주고받다가 핸드폰을 껐다. 코나츠가 잘하고 있는 것 같아서 마음이 한결 편해졌다. 다른 아이들은 작곡을 잘하고 있을지 의문이었다. 그래도 그 아이들이라면 잘할 거로 생각하며 눈을 감았다. 잠이 스르륵 몰려왔다.

다음 날 아침, 코하네는 여느 때와 똑같이 가방을 챙겼다. 하나 달라진 게 있다면 학교에 대한 마음가짐이랄까. 밴드부가 창설되기 전에는 학교에 대해 큰 의미를 두지 않았지만, 이젠 다르다. 이제는 하루하루가 재밌어지는 것 같았고, 집에 있는 것보다 학교 가는 것이 훨씬 더 즐거워졌다. 코하네는 평소처럼 등굣길을 걷는다. 귀에 꽂힌 이어폰에서는 청량한 느낌의 밴드 노래가 흘러나왔다. 이어폰 사이사이로 새어 들어오는 등굣길의 아이들 목소리가 들려왔다. 코하네는 조용히 소리에 집중해서 걷고 있는데 갑자기 자기 어깨에 손을 올리는 느낌이 들어 깜짝 놀라 뒤를 돌아봤다. 뛰어온 듯 보이는 코나츠가 숨을 몰아쉬며 어깨를 붙잡고 있었다. 코하네는 이어폰 한쪽을 빼고 코나츠를 보며 싱긋 웃었다.

- 오늘은 엄청나게 빨리 왔는데?

코하네의 물음에 코나츠는 이마에 흐르는 땀을 닦으며 말했다.

- 그렇지? 이제 밴드부가 만들어졌으니까, 밴드부실에서 기타 연습 좀 하려고!

코나츠의 말에 코하네는 고개를 끄덕였다.

- 좋은 생각이네. 그럼, 지금 밴드부실 갈 거야?
- 응! 가자!

코하네와 코나츠는 교문을 지나 한때 학교 뒤편 창고에 불과했던 작은 건물 앞에 섰다. 문에 걸려있는 팻말에는 '코드네임 밴드부실!'이라고 쓰여 있었다. 코하네는 그 팻말을 빤히 바라보다가 문을 열었다. 문을 열자, 창문 사이로 들어오는 아침 햇살이 우리들의 감성을 자극했다. 햇살에 코나츠의 노란 일렉기타와 젠의 검정 베이스가 반짝이고, 아직 가시지 않은 창고의 꼬질꼬질한 곰팡내가 코나츠와 코하네의 코를 자극했다.

코하네와 코나츠는 아무도 없는 밴드부실에 한 발짝 내디뎠다. 모든 시간이 멈춘 듯 밴드부실은 고요했다. 그 고요한 정적을 깨고 코하네의 휴대전화가 울렸다. 확인해 보니 전 일본 밴드 경연대회 관계자였다. 메시지는 다음과 같았다.

7월 15일 토요일에 예선을 볼 겁니다.
오후 1시까지 야외 공연장으로 와주세요.

그 메시지를 본 순간, 코나츠와 코하네는 서로의 손을 잡고 방방 뛰었다. 드디어 밴드부가 정식으로 창설될 기회가 주어졌다. 예선전에 얼마나 많은 사람이 모일지 모르기에 노력을 엄청나게 해야 했다. 오늘은 6월 2일. 연습하기에는 턱없이 부족한 시간이지만, 하루도 빼지 않고 연습하면 잘 될지도 모른다. 그렇기에 코하네는 팀원들을 잘 끌어 나가야겠다고 다짐하였다.

인생 중에 학창 시절이 가장 의미 있었다는 사람들이 많다. 처음에는 그 소리를 들었을 때 이해할 수 없었지만, 이제는 어느 정도 알 것 같다. 우리들의 청춘은 지금부터 시작이다.

일단, 학원물

이은성 작가의 말

이 작품은 일본의 한 학교를 배경으로 한 청춘 성장 소설입니다.

밴드에 관심이 많은 다섯 명의 친구가, 학업 위주의 분위기 속에서 밴드부를 창설하고 각자의 꿈을 키워 가는 이야기를 담고 있습니다. 밴드부를 만들기까지는 즐거운 일도 있었고, 갈등과 시행착오도 있었지만, 그 모든 과정을 함께 겪으며 성장해 가는 친구들의 모습을 그리고자 했습니다.

이야기 속 인물들은 각자의 성격과 역할에 어울리는 의미 있는 이름을 가지고 있습니다. 주인공 코하네는 한국에서 태어난 학생으로, 부모님의 사업으로 인해 일본으로 이주하게 됩니다. 한국 이름은 유하연(柳夏燕)으로, '여름에 펼쳐진 날개'라는 뜻이 있습니다. 일본 이름인 코하네(小羽) 또한 '작은 날개'라는 뜻을 담고 있으며, 이는 코하네가 오래전부터 꿈꿔온 '밴드'라는 꿈을 향해 천천히 날개를 펼쳐나가는 모습을 상징합니다. 코하네의 친구인 코나츠(小夏)는 '작은 여름'이라는 뜻으로, 코하네와 함께한 여름의 시작과 추억을 담아서 지어진 이름입니다. 유토(優翔)는 드럼을 맡고 있으며, 다정한 성격을 지닌 인물입니다. 이름에는 '따뜻한 아이'는 뜻이 담겨 있어 유토의 분위기와도 잘 어울립니다. 젠(然)은 츤데레 같은 면모를 지니고 있으면서도, 밴드에서 베이스를 맡아 묵묵하게 중심을 잡아주는 인물입니다. 그의 이름에는 '자연스러움'이라는 뜻이 상징적으로 담겨 있습니다. 마지막으로 이로하(彩葉)는 '빛나는 색' 혹은 '아름답게 물든 잎사귀'라는 뜻을 지닌 이름으로, 밴드 활동을 통해 자신의 꿈을 찾고 점차 빛나기를 바라는 마음을 담아 붙인 이름입니다. 이처럼 등장인물들의 이름 하나하나에 의미를 담은 이유는, 각자의 성격과 성장의 방향을 더 분명히 보여주고 싶었기 때문입니다.

이 소설을 쓰게 된 계기는, 달그락달그락 눈맞춤작가단 모임에서 기존에 쓰던 원고가 엎어진 날, 집으로 돌아가는 버스 안에서였습니다. 이어폰을 꽂고 「피차일반」이라는 노래를 듣고 있었는데, 그 중 '세상을 뒤바꿀 노래를 하는 것'이라는 가사가 귀에 남았습니다. 그 한 줄을 들으며 '내가 쓸 수 있는 이야기는 무엇일까?'를 곰곰이 생각했고, 그때 '일본 밴드부'라는 소재가 떠올랐습니다. 버스 정류장에 도착할 때까지 머릿속에 떠오른 장면들을 하나씩 메모했고, 그것이 이 이야기를 시작하게 된 출발점이었습니다. 소설 중간에 나오는 코하네와 코나츠가 작사한 가사들은, 글을 쓰며 제가 밴드부 아이들에게 전하고 싶었던 메시지를 담아 적은 것입니다. 인물들의 감정뿐만 아니라 저의 응원도 함께 녹아 있습니다. 또한 유토와 젠의 외모는 제 친구들이 각자의 이상형을 반영해 정해주었습니다. 어쩌다 보니 친구들의 취향이 고스란히 담긴 인물이 되었고, 오히려 저의 이상형은 들어가지 않았습

        일단, 학원물

니다. 반면, 코하네와 코나츠, 이로하의 외모와 성격은 제가 직접 설정했습니다. 밴드라는 활동과 학교라는 공간 속에서 다양한 성격의 인물들이 어우러졌으면 좋겠다는 바람을 담았습니다.

이 소설은 후속작도 준비하고 있습니다. 다음 이야기는 더 깊은 갈등과 더 다양한 에피소드를 담을 예정입니다. 아이들이 밴드와 우정을 통해 더 성장해 가는 모습을 그려갈 테니, 앞으로의 이야기도 많은 기대와 응원 부탁드립니다. 많관부!

내일의 태양은
더욱 빛날 것이다

전승훈

일단, 학원물

내 이름은 박영수, 고등학교 1학년이다. 이번에 정월고등학교에 새로 입학하게 되었다. 나는 이른 아침, 학교의 정문 앞에서 홀로 학교의 외관이 어떤지 대충 살펴보았다.

– 이곳이 나의 새로운 터전인가

나는 교실에 홀로 천천히 걸어 들어갔다. 이른 아침이라서 그런지 사람이 많이 보이지 않는다. 나는 그렇게 교실의 맨 앞줄 구석 창가에 앉았다. 이 자리는 수업도 잘 들을 수 있고, 벽에 기댈 수도 있고, 햇빛도 많이 비치지 않았다. 나에게 있어서는 그야말로 최적의 자리다.

그때, 다른 녀석들이 이 자리로 왔다.

– 하 암, 좀만 자야겠어, 너 박영수 아니냐?

하품을 하던 이 녀석은 중학교 때 친하게 지내던 류태욱이었다.

– 어이, 너… 왜 여기 있는 거야?
– 아, 학교 떨어졌거든. 원래 다른 곳으로 가려고 했는데

흑발에, 앞머리가 눈을 덮을 듯 말 듯한 이 녀석은 과거 중학교에서 농구부를 했다. 그런데, 이 학교에서 보게 될 줄은 생각도 못 했다.

- 그런데, 그 옆에 친구는 누구야?

나는 태욱의 옆에 있는 바가지머리를 한 녀석을 보고 물었다.

- 얘는 민영규야. 전에 같은 학원에 다녀서 좀 알거든
- 영규라고? 반갑다

나는 영규에게 미소를 지으며 인사를 했다.

- 이야기는 들었어! 영수. 전에 태욱이가 많이 말했었지
- 그래? 같은 반이니까 친하게 지내보자고

그렇게 우리 셋이서 계속 떠들다가 어느샌가 시간이 지나있었고, 애들이 하나둘 오기 시작하더니 어느샌가 반을 꽉 채웠다.

- 슬슬 자리로 가봐야 할 것 같은데. 이따가 또 말하자고

조회 시간 종이 치고, 선생님이 들어왔다. 그런데, 선생님이 들어오자마자 우리는 웃음을 참을 수 없었

다. 선생님은 마치 쥐와 닮았다. 이빨이 어떻게 저렇게 튀어나왔을까. 일부러 웃기려고 한 것은 아니겠지. 정말 우스꽝스러운 차림이었다.

- 내 이름은 서생원이다. 1년 동안 1학년 1반을 책임질 담임이지. 한자리에 모인 것은 오늘이 처음이겠구나. 1년 동안 서로 잘 지내보자. 모르는 것이 있으면 물어봐도 좋아. 상담할 것이 있으면 언제든 찾아와도 좋다

우리는 손뼉을 쳤지만, 웃음소리도 좀 들리는 것 같기도 했다. 뭐, 이 모습에 익숙해져야겠지.

- 이번 주는 딱히 수업은 안 할 예정이고, 학교를 소개할 거야. 이따가 점심 먹고 시청각실로 다 모여. 점심시간 전에는 자유시간이 좀 있을 건데, 자기소개도 좀 하고
- 네. 그렇게 하죠

가운데 앞자리에 앉은 녀석이 말했다. 금발에 모범생 같은 분위기를 풍기고 있는 녀석. 분위기가 그냥 순한 느낌이 아니다. 뭐랄까, 의젓한 느낌이랄까.

주위를 둘러보았다. 어떤 녀석들이 있는지 파악을 좀 해보려고. 이 녀석들, 분위기가 뭐지? 뭐랄까 하나하나 살펴보면 흔히 '범인(凡人)'이라고 할만한 녀석들이 있는데, 그런 기색이 드는 놈이 별로 없다.

그때, 맨 앞자리 가운데에 있는 녀석이 다시 일어나 말을 꺼냈다.

- 우리 그럼 자기소개를 해보자. 나 먼저 얘기할게. 나는 천한수라고 해. 특기는 영어를 좀 할 수 있어. 아무튼, 잘 부탁해

어? 잠깐, 천한수라고 하면, 이번에 정월고에 수석으로 입학한 녀석이잖아. 우리 반이라고?

- 다음에는 누가 소개해 볼래?

어색한 기류가 흐르고, 아무도 답하지 않았다.

- 아무도 없다면, 거기 너. 너부터 가로로 한 줄씩 자기소개해 볼까?

이 녀석은 나를 지목했다. 운도 안 좋게 하필 처음이 나인가. 나는 소개하기 싫다는 것을 겉으로 살짝 드러내며 천천히 일어났다. 그러고선 살짝 미소를 짓고 모두를 바라보며 말했다.

- 내 이름은 박영수야. 좋아하는 음식은 로제 파스타. 특기는 권투. 자신 있는 녀석은 나에게 와라. 콧대를 납작하게 해주지

뒤에서 다른 녀석이 말했다.

 일단, 학원물

- 꽤 건방진 녀석이구나? 너. 그런 태도로 있다가는 간단히 당할걸. 누구에게든 말이야

하얀 머리에 분위기 음침한 녀석. 그 녀석은 진지하게 날 노려보고 있었기 때문에, 조금 쫄린 것은 사실이다. 그럼에도 나는 당당히 말했다.

- 그런 것은 누가 정하는 건데? 말투가 좀 그러면 어때? 그런 것이 없어도 강한 녀석은 강한 거야!

그놈은 이렇게 말했다.

- 네놈의 수명이 보이는구나. 얼마 안 가서 죽게 생겼어. 백 년 건강히 살려면 말이라도 제대로 해야지
- 미안하지만, 난 오래오래 살 생각은 없어. 오늘 하루를 재밌게 사는 걸로 나는 만족하거든

우리는 그렇게 서로 대치했다.

- 너희들, 거기까지만 하지? 더 이상 하면 여기 있는 애들도 가만히 있지 않을 것 같은데

옆에 있던 한수가 말했다. 이 녀석 표정이 우리 둘을 한꺼번에 집어삼킬 수 있다는 자신 있는 표정이었다. 나는 그 녀석의 기운에 잠시 진정했으며, 녀석의 말대로 주위를 둘러보았더니 어색한 분위기이기는 했다.

- 친구는 이름이 뭐야?

한수가 흰머리 녀석에게 말했다.

- 내 이름 말인가, 안대준이야
- 좀만 더 자세히 소개해 줄 수 있을까? 모두가 들
을 수 있도록

대준은 애들이 있는 방향을 바라보며 또박또박 말했
다.

- 내 이름은 안대준. 좋아하는 건 사과. 잘 부탁하지

나는 그 모습에 반대하고 싶은 마음에 작게 말했다.

- 건방진 것은 너인 것 같은데

한수가 그 말을 듣고 날 말렸다.

- 영수야, 너도 그만해
- 그래, 그래. 알았어

우리는 그렇게 각자 자리로 갔다. 다른 애들도 알아
서 자기소개를 했다. 난 그다지 기분이 풀리지 않아 창
밖을 멀뚱히 보고만 있었다. 그러다가 한 번 옆을 흘
깃 바라보았다. 내 옆자리에 앉아 있는 것은 여자아이
였다. 이 녀석은 책을 펼쳐놓고 무언가 계속 쓰고 있었
다. 나는 조용히 이 아이에게 물었다.

- 뭘 그렇게 쓰고 있는 거야? 공부? 첫날인데 좀 쉬

   일단, 학원물

지 그래

그 아이는 여전히 책을 바라보며 나에게 조용히 말했다.

- 내 계획이야. 너 같은 범인(凡人)이 나를 이해할 수 있을 리가 없잖아

이 녀석, 한눈에 봐도 도도한 흑발의 공주님이라고 생각했는데, 예상과 한 치도 다름없었다.

- 뭐? 처음 봤는데, 좀 반갑게라도 대해주지 그래? 처음부터 너무 그러지 말라고

이 녀석은 아무 말도 없었다.

그때, 한수가 이 아이를 지목하여 자기소개를 요청했다.

- 다음은 너야. 자기소개 좀 간단히 해줄 수 있을까?

이 녀석은 천천히 일어나 말했다.

- 내 이름은 구연아, 취미는 양궁. 좋아하는 건 게임. 잘 부탁해

잠시만, 구연아라고? 이 녀석, 재벌가의 딸이잖아? 여기 뭐야, 엘리트 집단이냐고… 공부 잘하는 도련님

에 재벌가 딸까지. 거기에 여기 있는 놈들, 다 특기 하나는 제대로 갖추고 있는 놈들…

종이 친 후, 다시 선생님이 들어왔다.

– 다들 처음이라 분위기가 어색할 텐데 오래 놔둬서 미안해. 선생님끼리 좀 회의할 것이 있었거든. 아무튼, 서로 잘 지내보자. 첫날이지만, 중간고사가 많이 남지 않았으니, 조금씩은 공부하는 것을 추천한다

쥐 같은 몰골을 해서는 전혀 따르고 싶지 않아지는데. 어느 정도는 따라야겠지. 그렇게 나는 다시 창밖을 바라보고 있었다.

– 태양은 참 밝네

점심시간이 되었다. 난 영규랑 태욱이와 함께 밥을 먹으러 갔다. 오늘의 점심은 제육볶음이다. 식지 않아 아주 맛있을 것 같다. 우리는 셋이 함께 자리에 앉았다.

[탕!]

그때, 다른 쪽에서 큰 소리가 났다. 소리가 워낙 커서 우리 모두 잠시 경직되었다. 그것은 바닥에 식판이 세게 부딪치는 소리였다.

– 어이, 장난치지 말라고. 이딴 게 급식이라고 주는 거냐? 이런 거 말고, 좀 더 제대로 음식을 가져와

모히칸 머리를 한 녀석이 급식 봉사부 친구 머리를 붙잡고 흔들고 있었다.

– 하지만, 급식이 정해져 있잖아

봉사부 친구가 조용히 말했다.

– 하? 그게 아니지. 돼지고기를 먹는 것 자체가 이상한 거 아닌가? 지금 엿 먹이는 거냐?

입맛도 떨어지게 여기서 싸우는 건가. 여기서 보고 싶은 분위기는 정말 아니었는데 말이다.

– 까다로운 일이 일어났군. 이런 일이 일어날 것 같았는데

옆에서 누군가가 나에게 들릴 정도로만 말했다.

– 넌, 저 친구 알아?

안경을 쓴 마른 체형의 흑발 남자아이. 우리 반은 아니었던 것 같은데?

– 저 친구, 7반의 천무현이야. 얼마 전에 튀르키예에서 왔다지. 국적은 한국인데, 튀르키예에서 살았다더라고. 외관도 특이해서 눈에 띄는 친구였어. 아마, 이슬람에선 돼지고기를 안 먹는다지. 저 친구에게 아직 이 문화가 익숙지 않은 모양이야

나는 그 말에 어이가 없으면서도 당황했다.

– 뭐? 뭔 이런 경우도 다 있냐

그때, 다른 아이가 나서서 무현의 손목을 잡았다.

– 그만 좀 해. 이 아이가 원해서 급식을 이렇게 정한 것이 아니잖아. 먹기 싫으면 먹지 마

흑색에 살짝 뾰족한 머리, 모범생처럼 보이는 행세에, 흔히 잘생겼다고 하는 녀석의 부류.

– 여기서 그만두도록 해. 모두가 보고 있는 앞이니까

녀석은 주위를 둘러보고, 혀를 차며 잘생긴 아이를 노려보았다.

– 그렇다면, 참으라는 거냐? 누가 이딴 걸 먹으라고 한 거야? 미개한 동아시아인은 이런 걸 먹는 거냐?

녀석은 전혀 진정할 기미가 보이지 않았다.

– 친구, 그런 말은 삼가는 것이 좋아. 이 나라에는 이 나라만의 문화가 존재하는 법이야. 자기 문화를 강요하면 안 되지

새로 등장한 잘생긴 녀석을 보고 내 옆에 있는 녀석

이 또 말을 꺼냈다. 안경을 다시 올려 쓰고.

- 저 녀석은 천무현과 같은 7반의 진세종이야. 여기 들어오기 전에 뭐 했던 녀석인지는 모르겠지만, 이 학교에 들어왔을 때부터 잘생긴 것으로 난리 났던 녀석이지

나는 천천히 밥을 먹고 있었다. 이 녀석의 말은 대충 들으며. 이 문제는 무현의 후퇴로 끝이 났다. 첫날부터 소란스럽지만, 인상 깊은 날이었다. 그리고… 난 이 녀석에게 물었다.

- 그런데, 넌 어떻게 그리 정보를 많이 아는 거냐? 이름은 뭐고 뭐 하는 녀석이야?

녀석은 다시 안경을 올려 쓰고 천천히 말했다.

- 나? 난 그냥 이 학교에 다니는 한 학생이야. 2반의 강래원이라고 하지. 다음에 또 보면 잘 부탁해

나 또한 그 녀석에게 인사를 했다.

- 너, 괜찮은 녀석이네. 하하

녀석은 뒤를 돌며 천천히 갈 길을 갔다. 그 전에 녀석은 이 말을 남기고 갔다.

- 당신은 웃는 것이 좋은 모양이군요. 하나 조언하

자면, 많이 웃지 않는 것이 좋을 겁니다

무슨 소리인지 나로서는 제대로 알지 못했다. 나는
녀석에게 들릴지 안 들릴지 모를 정도의 소리로 말했
다.

- 조언은 고맙다만, 난 죽을 때도 웃을 생각이거든

래원은 조용히 앞으로 길을 갔다. 참, 피곤한 학교생
활이다. 아 참, 영규와 태욱이가 있었는데.

- 영수, 그 친구는 맘에 들었는가? 처음에 널 몇 번
불러봤지만, 전혀 내 말을 못 듣는 것 같아서 기다리
고 있었는데

태욱이가 날 노려보고 있었다. 나는 그 눈빛에 얼굴
을 숙이고, 밥을 먹으려 숟가락을 들었다. 그런데, 이
상하게 제육이 없었다.

- 거기 제육은 내가 다 먹었어. 너, 먹을 기미도 없
어 보였고. 제육은 식으면 또 맛이 없잖아

나는 그 말에 태욱을 째려보았다. 이 녀석! 하…

'어째서 첫날부터 이런 일이 생기는 거냐고!'

나는 그렇게 손으로 얼굴을 탁 잡으며 마음속으로
크게 소리쳤다.

　　　　일단, 학원물

점심시간이 끝나고, 나는 영규와 태욱이랑 함께 교실로 돌아와 남은 시간은 기운 빠진 채로 지냈다. 애들은 점심시간 일로 좀 떠들썩한 것 같고, 난 관심은 딱히 많지 않았다. 아무튼 참 피곤한 하루였다.

◎

개학 후, 일주일이 지났다. 그런 일은 더 일어나지 않았다. 반 분위기도 첫날보다 훨씬 어색함이 줄어들었다. 보통 3주는 걸린다던데, 우리 반이 친화력이 좋은 건지, 서로 친해진 듯한 애들이 많았다.

오늘은 무엇보다 한 학년을 이끌어갈 반장을 뽑는다고 한다. 한 학기도 아니고, 한 학년이라니. 이 학교는 뭔가 좀 다른 느낌이다.

– 그럼, 반장 후보는 나와서 다짐 말하고, 자리로 가서 앉으면 된다

선생님은 말을 짧게 하고, 교탁 아래 의자에 앉았다.

반장 후보는 둘이었다. 성적도 좋고, 인망도 좋은 천한수와 친화력과 설득력이 훌륭한 이창윤. 창윤은 언어 능력이 매우 뛰어나다. 단순히 여러 언어에 능통하다는 뜻이 아니라, 상대방의 고민을 덜어주거나, 좋은 확신을 가질 수 있게 하는 상담 능력, 자신만의 확고한

각오도 있고, 친화력도 좋다. 고작 일주일이지만, 나랑 자리가 가까워 몇 번 말해보고 알았다. 창윤은 상대가 단순히 말하는 것도 장난스럽게 듣지 않는다.

둘 중에 누굴 뽑을 거냐고? 비밀이다. 누가 뽑혀도 이 반을 제대로 통솔할 수 있을 것 같다는 확신이 든다. 적어도 '리더'라는 자리에 어울리는 녀석들이니까.

각각 나와서 자기의 다짐을 이야기했다.

– 저는 반장 후보 천한수입니다. 제가 반장이 된다면, 먼저 교실이 더러워지지 않도록 휴지를 설치해 그때그때 닦을 수 있게 하겠습니다. 두 번째로는, 시험에 도움을 주기 위하여 반에 공부할 수 있는 도구들을 배치하겠습니다. 여러분들의 의견을 반영해 부족한 점이 있다면 적극적으로 개선하려 노력할 것입니다. 감사합니다
– 저는 반장 후보인 이창윤이라고 합니다. 저는 먼저 반에 예비 우산을 좀 배치할 생각입니다. 비가 올 때 우산 없으면 갑갑하지 않나요. 그리고, 반의 노예가 되어 여러분들이 힘든 점이 있다면, 도움이 필요한 점이 있다면, 적극적으로 개선하여 반의 분위기를 좋게 유지하는 데 힘을 쓸 것입니다. 같이 희망의 싹을 틔워보죠. 지금까지 말을 들어주셔서 감사합니다

우리는 조용히 투표하고, 개표를 시작했다. 학생회

　　　　　일단, 학원물

장도, 대통령 선거도 아니고… 반장 선거인데 이렇게까지 진지할 일인가 싶다.

  - 천한수 한 표
  - 이창윤 한 표

개표 상황은 매우 치열했다. 점수가 벌어져도 다시 좁혀졌다. 표 차이가 벌어지는 것이 의미가 없을 정도였다.

결과가 마침내 나왔다. 25명 중에서 정확히 13명. 반장은 창윤이가 되었다. 다음은 부반장을 뽑을 차례다. 부반장 후보는 세 명이 나왔다. 반장 투표에서 탈락한 천한수, 라인형, 그리고 안대준.

인형은 가히 먼치킨이 따로 없다. 내가 스포츠에 관심이 있어, 이 녀석 이름을 여러 번 들었다. 한수가 공부에서 먼치킨이라면, 이 녀석은 무예에서 엄청났다. 태권도, 검도, 유도 등. 다만 다른 분야는 잘 모르겠다. 안대준은 절대 안 뽑을 생각이다. 맘에 영 드는 녀석이 아니니까. 얘는 뭘 잘하는 건지 도통 모르겠다. 생물에 능통하다고 했던가? 뭐, 됐다. 딱히 상관은 없으니까.

부반장 뽑는 것 역시 치열했다. 이렇게까지 치열해야 하나 싶기도 하고… 치열한 것이 정상인 건가 싶기도 하다. 결과는 한수가 뽑혔다. 이상한 건 딱히 없으니. 근데 라인형 저 녀석이 좀 아쉽다. 정확한 결과는 어쩌냐고? 더 이상의 자세한 설명은 생략한다.

그렇게 반장은 이창윤, 부반장은 천한수다. 의외로 한수가 밀리다니.

- 영수, 넌 어떤 사람을 뽑았는가?

반장이 결정되고, 영규가 나에게 와서 그렇게 물었다.

- 나? 그냥 적당한 녀석 뽑았지. 몰라도 돼. 이런 건

난 대충 말했다. 뭔가 그냥 알리고 싶지 않았으니까.

- 그런가. 나도 그랬지. 하하

녀석은 내 반응을 보고 애써 웃었다.

그렇게, 짧고도 긴 일주일이 마무리되었다.

이날로부터, 3주 후. 서로 어색함이 없어질 무렵, 중간고사가 시작되었다. 그동안 공부는 제대로 했냐고? 어느 정도는 했다만, 귀찮다. 내 특기 과목은 영어와 일본어다. 여기서 승부를 볼 생각이다. 이거라도 높은 점수를 따내기 위해 다른 걸 포기하겠다는 각오로 많이 공부했다.

내가 보는 시험 과목은 총 6개다. 국어, 수학, 영어, 사회 탐구 2개, 일본어.

시험이 시작되기 10분 전, 평소에 떨리지도 않던 감각이 이제서야 느껴지기 시작했다. 모두 나와 같은 기

분이겠지. 후… 편하게 가자고.

나는 전사다. 나는 검을 뽑아 들었다. 그리고, 이것은 연어다. 나는 천천히 연어를 손질해 나가며, 살점을 분리해 회를 떴다. 그 누구도 아닌 내가 만족할 수 있도록!

나는 그렇게 시험 문제를 풀어나갔다.

이 시험에서 가장 중요한 문제는 이것이었다.

'이 이야기는 어떻게 끝나는가?'

나는 순간 막혔다. 과연, 백 점은 주지 않겠다는 것인가.

– 돼지를 모르는 녀석은 키울 가치도, 사냥할 가치도 없어. 인간도 마찬가지다

한수가 그렇게 말했었지. 이제야 이 문제에 대해 기억이 났다. 나는 조용히 답을 적었다. 잡몹부터 처리하는 녀석들이 많지만, 난 보스 먼저 잡는 스타일이라서.

The creatures outside looked from pig to man
and, from man to pig, and from man to pig,
and from pig to man again. But already it was
impossible to say which was which.
창밖의 동물들은 돼지에게서 인간으로,
인간에게서 돼지로, 다시 돼지에게서

인간으로 번갈아 시선을 옮겼다.
그러나 누가 돼지고 누가 인간인지,
어느 것이 어느 것인지 이미 분간할 수 없었다.
– 조지 오웰, 『동물 농장』

안타깝게도, 나는 이 문제에 답을 쓰는 것은 잘했지만, 다른 선택을 하는 것에는 약해서 최고층까지는 도달할 수 없었다. 그래도, 난 이 답을 썼다는 것으로 만족했다.

중간고사가 끝났다. 예상외로 치열한 싸움이었다. 코뿔소의 돌진을 피하는 이도 있으면, 코뿔소의 뿔을 베려는 이도 있었다.

결과가 나왔다. 예상은 했지만, 다시 봐도 놀라웠다. 국어는 2반의 유희윤이라는 녀석이 1등을 가져갔지만, 나머지 대부분 영역에선 한수가 1등이었다. 대체 얼마나 공부를 잘하는 건지. 압도적인 전교 1등. 전교 2등도 만만치 않다. 한수가 대부분 영역을 가져갔다면, 이 녀석은 대부분 영역에서 2등이다. 단 하나도 1등을 못 했지만, 대단한 실적이다. 그건 바로, 내 옆에 앉아 있는 구연아. 참고로, 난 영어 11등이다.

그나저나 진짜인가, 이거. 전교 1등과 2등이 같은 반, 그것도 우리 반에 있다는 뜻이잖아.

– 어이, 어떻게 그렇게 시험을 잘 본 거야?

딱히 믿는 건 아니었는데, 진짜 무슨 비결이 있는 건

 일단, 학원물

가 싶어서 내 옆에 있는 연아에게 물어봤다.

– 비결? 열심히 공부해. 안 되면 재능 차이지

나는 어이가 없어서 멍하니 노려봤다.

– 아니, 경쟁자 견제하는 거야? 너무, 그러지 말라고. 난 그 정도가 아니야

예상치 못했지만, 이것이 연아와 내가 가까워지기 시작한 첫 순간이라고 생각한다. 그 거리가 무슨 거리인지는 모르겠지만.

중간고사 기간이 지나고, 체육대회가 시작했다. 종목은 여러 가지인데, 주요 종목만 알면 된다. 축구, 야구, 농구 등. 여자 종목은 피구와 배구가 있다. 뭐, 그건 됐고 나는 축구에 출전한다. 1인당 종목 세 개까지 출전할 수 있다. 난 다른 건 좋아하진 않아서 축구만 하는 것이지만.

– 넌 어떤 것이 가장 기대되냐?

나는 영규와 태욱이에게 물었다.

– 당연히 자신이 나가는 종목 아니겠어? 넌 축구인가?

태욱이가 그렇게 말했다.

- 너희들 다 출전하지? 응원할게

창윤이가 우리에게 다가와서 말했다. 창윤이도 우리랑 자리가 가까워서 말을 많이 나눴는데, 좀 친해진 것 같다.

- 창윤이도 배구하잖아. 너도 힘내라
- 그래. 다 같이 힘내보자!

우리는 그렇게 의지를 다잡았다.

드디어 축구 경기가 시작할 차례였다. 기본 축구와는 다르게 5 vs 5 팀전이다. 우리 팀은 나, 한수, 인형, 대준, 나성후이다. 성후가 누구인지 잘 모를 텐데, 열정 넘치는 친구다. 흔히 우리가 아는 노력파 주인공 같은 느낌. 특출난 재능은 없지만, 축구를 많이 했다고 하더라. 소문으로는 청소년 국가대표와도 붙었다고 하던데, 잘은 모른다. 상대 팀은 7반이다. 7반에는 얄미운 천무현과 진세종이 있다.

- 같이 잘 해보자고! 우리 반드시 이겨보자

성후는 나에게 친숙하게 말했다. 제대로 이야기해 보는 것은 이번이 처음일 텐데.

- 그래, 힘내보자

나는 그 말에 적당히 대답했다.

 일단, 학원물

마침내 경기가 시작되었다. 공은 한수가 갖고 있다. 상대는 우리에게 달라붙어 각각 마크하려고 했다.

'어디로 주는 것이 좋지?'

한수는 주위를 둘러보며 패스할 곳을 찾았다. 그때, 무현이 사각지대에서 기습을 시도했다.

- 멀뚱멀뚱 있지 말라고? 전교 1등. 그러다가 당하는 거야. 알라신께서는 나에게 이기라고 말씀하셨다

그러나, 한수는 바로 따라잡아 공을 차서 다른 쪽으로 보냈다. 그 공은 나에게 왔다.

- 내 차례인가

나는 바로 일직선으로 달렸다. 최대한 페널티 구역에서 싸울 수 있도록.

- 화격! 받아라, 나성후!

성후는 내 움직임에 맞춰서 상대를 잘 따돌려주었다. 하지만 세종이 성후를 가로막고, 무현에게 패스했다. 무현은 공중에서 그 공을 차 우리 골대에 골을 넣었다.

- 한 골이다!

우리는 잠시 탄식했지만, 다시 기운을 다잡고 전투

에 나섰다. 이번에는 인형의 공격으로 시작되었다.

  - 너무 기죽지 마. 이제부터니까
  - 그래, 아직 포기하기엔 너무 일러. 아니, 포기하는
것 자체가 이상하잖아!

나는 그렇게 말했다.

  - 이참에, 이슬람으로 개종하는 것이 어떻냐? 신은
여기에 있다

무현이 도발했다.

  - 여기서 종교 얘기는 그만두라고, 똘마니!

대준은 무현을 나무라며 도발했다. 그때, 공이 우리
에게 날라오고, 나는 강력한 킥으로 슛을 시도했다. 그
런데, 골키퍼가 예상했는지 그쪽으로 자세를 취하고,
몸을 던져 공을 주먹으로 쳐냈다.

  - 좋은 패스네, 영수

한수는 공을 발로 받고, 다시 공격해 골을 넣었다.

  - 하? 이게 아니잖아!

무현은 화가 좀 났는지 허공을 찼다.

  - 공부만 잘하는 범생이가 아니었네. 천한수. 그야

말로 천재잖아

세종도 옆에서 분을 냈다.

한 골 먹히자, 7반의 다른 녀석들도 전선에 나서기 시작했다.

- 내 이름은 서지환이래이. 이제부터는 진심으로 할 테니 방심하지 말래이

지환은 사투리를 쓰는 조금 인상 깊은 말투의 소유 자였다. 공을 잡은 지환이 내가 움직임의 방향을 바꾸 는 순간 반대로 움직여 나를 따돌리며 여유롭게 말을 뱉었다.

- 이슬람교를 믿는 천무현이 좀 맘에 들지 않지만, 같은 팀이니 어쩔 수 없지. 불교도 무시하지 말래이. 모든 것은 제행무상이니 네 생각도 좀 달라질 수 있 겠지만

참 별난 학교에 별난 반이다.

- 난 그런 거 안 믿어. 난 지금을 즐기는 걸로 됐거 든

후반전이 시작되었다. 무현은 자신감이 있었는지, 시작부터 직진했다. 성후가 이를 알고 공을 바로 가로 채 나에게 주었다.

그때, 세종이 내 뒤에 붙어 날 압박했다. 이 녀석들, 내가 공을 패스해 주는 사령탑이라는 것을 알고 있다. 그렇다면, 내 드리블로 빠져나가는 수밖에. 내 움직임은 아지랑이. 만만하게 보면 안 되지.

나는 그렇게 갑자기 생각난 시저스와 예각 드리블로 모두를 제쳐 골을 넣었다. 나 나름의 재능이 있을지도.

– 예각 드리블이라고?! 장난치지 말라…

세종이 놀라며 말했다.

– 뭐야? 그거! 굉장하네, 영수야

성후는 나에게 칭찬을 해주었다. 성후뿐만 아니라 다른 애들도 날 보며 웃어주었다.

– 이제부터는 내가 전장을 먹는다. 넌 뒤로 가 있어라, 박영수

대준은 무슨 결의에 찬 듯이 보였다.

– 할 수 있다면 해봐. 그냥 넘겨주진 않아

대준은 나풀거리는 연기처럼 자연스러운 움직임으로 인형과 연계해 한 골을 더 만들어냈다.

– 우리 모두 잘했네

그렇게 3 대 1로 끝이 났다. 우리의 승리로!

7반 애들은 모두 땀을 흘린 채 제자리에 털썩 앉아 멍하니 바닥을 내려다보았다.

– 이것이, 승리의 쾌감인가

난 끝나고 반으로 돌아가서 휴식을 취했다. 나중에 듣기로는 농구는 태욱이랑 영규의 활약으로 10반을 상대로 우승, 배구도 우리 반의 에이스인 도봉욱, 그리고 한수가 열심히 해줘서 2반을 상대로 우승했다고 한다. 여자 배구는 이기고 피구는 졌다. 야구는 5반의 투수 유망주인 성규명에게 압도당해졌다. 하지만, 우리 반은 체육대회에서 전체 합산 결과로 1등이다. 못하는 게 무엇인지.

– 축구 봤어. 잘 뛰던데

연아가 처음으로 나에게 말을 걸었다.

– 그랬나? 고맙다. 너도 피구 수고했어. 졌지만, 잘 싸웠지

연아는 고개를 숙이며 노코멘트를 했다. 뭐, 진 게 싫은 거겠지. 괜히 말을 꺼냈나.

오늘은 정말 피곤한 하루였다. 이 이야기는 내가 겪었던 아주 인상 깊은 한 이야기. 그저 한 남자의 일기 일 뿐이다.

전승훈 작가의 말

흔한 소년 만화 같은 이야기를 쓰고 싶었습니다. 작중 인물들의 특징이 조금 더 분명하게 드러나기를 바랐고, 각각의 개성이 살아났으면 좋겠다고 생각했습니다. 하지만 여러 인물이 모두 등장하지 못했고, 설정 또한 충분히 드러나지 못한 점은 아쉽게 느껴집니다.

이 작품은 일반적인 학교생활에 쏠쏠한 재미를 곁들인, 말 그대로 '평범한' 이야기입니다. 특별한 사건 없이 흘러가는 일상에서 평범한 캐릭터들이 주고받는 대화와 관계, 그런 이야기 한 편을 한 번 꼭 써보고 싶었습니다.

이야기의 중심에 영수가 있긴 하지만, 저는 이 작품 속 모든 인물이 각자의 시선과 감정으로 이야기를 이끌어가는 '주인공'이라 생각하며 썼습니다. 단순히 스포츠나 액션에만 머무는 것이 아니라, 언젠가는 로맨스까지도 자연스럽게 녹여내고 싶은 마음도 있습니다.

편집장의 말

김대겸

『일단, 학원물』은 눈맞춤작가단과 책방앗간이 함께 만든 첫 번째 책이자, 편집장인 저에게도 이들과 처음으로 함께 작업한 공동 저서입니다. 저는 전북 군산시에 있는 청소년자치공간 달그락달그락(이하 달그락)에서 눈맞춤작가단을 담당하며, 동시에 책방앗간이라는 출판사를 운영하고 있습니다. 감사하게도 이번 작업은 누구보다 가까운 거리에서 청소년 작가들과 긴밀히 소통하며 함께할 수 있었습니다.

청소년 자치 기구인 눈맞춤작가단은 매년 글을 쓰고 출판하며, 청소년 작가들의 작품을 지속적으로 책으로 펴내고 있는 조직입니다. 중·고등학생들이 주체적으로 운영하는 만큼 매년 구성원의 변동은 있지만, 그런데도 흔들림 없이 꾸준히 활동을 이어오고 있습니다. 제가 처음 달그락에 들어왔을 때, 이들을 만나 자연스럽게 '이 조직을 더 단단하게 키워야겠다'라는 비전을 품게 되었습니다. 부족하더라도 제가 가진 지식과 출판 인프라를 바탕으로, 이들이 작품 활동에 힘차게 더 나아갈 수 있도록 함께하고자 합니다.

이번 책에 함께한 눈맞춤작가단의 박시연, 황지원, 전승훈, 이은성 작가님들을 처음 만난 건 2025년 5월이었습니다. 얼마 지나지 않아 군산북페어 참가 공고가 떴고, 자치 기구 모임에서 '우리도 한번 나가보자'라는 제안이 나왔습니다. 이어서 '그렇다면 이참에 신간을 북페어 일정에 맞춰 내보자'라는 이야기가 오갔고, 이 책의 제작이 결의되었습니다.

원래 각 작가님은 쓰고 있던 개별 원고가 있었지만, 모두 잠시 미뤄두고 '학원물'을 공통 주제로 한 공동 저서를 함께 만들기로 뜻을 모았습니다. 글을 쓰던 시기는 1학기 2차 고사가 코앞으로 다가온 무렵이었습니다. 그럼에도 작가님들은 학업과 글쓰기를 병행하며, 하루의 짧은 시간이라도 쪼개어 결국 작품을 완성해 냈습니다. 그렇게 이 책이 세상에 나올 수 있었습니다.

학원물이라는 주제답게, 각 작가는 저마다의 생각과 개성을 담아 글을 썼습니다. 완성도 높은 작품들이 등장했고, 독자로서도 편집자로서도 매우 반가운 마음이 들었습니다. 책을 내기 전, 외부 청소년들을 대상으로 시범 독서 평가를 진행했는데, 그중 인상 깊었던 말이 있었습니다.

이 글을 청소년이 썼다고는 믿기지 않는다.

우리는 종종 청소년 작가라는 말을 들으면 미숙하거나 완성도가 낮을 것이라고 먼저 생각하곤 합니다. 하지만 글 앞에서 나이는 결코 중요한 기준이 아닙니다. 이들이 가진 질문과 철학은 때로는 성인의 그것보다도 깊을 수 있습니다. 특히 학원물이라는 배경은 이들

　　　　일단, 학원물

에게 일상의 무대이자 현실의 현장이기에, 작품 속에 담긴 생각과 정서는 더욱 생생하게 다가옵니다. 이 시대를 살아가는 청소년들이 품고 있는 고민과 시선을 작품 속에서 마주할 수 있었습니다.

이제 청소년 작품은 학교 프로그램의 일부로 기념처럼 만들어지는 책이 아니라, 꾸준한 창작 활동을 통해 청소년 문학의 새로운 지평을 여는 흐름이 되어야 한다고 생각합니다. 달그락과 책방앗간은 그 흐름을 만들어가고자 합니다. 이 움직임을 지켜봐 주시고, 함께 응원해 주시기를 바랍니다. 이 책에 실린 네 편의 작품은 그 흐름 속에서 찍은 하나의 이정표입니다.

그 이정표를 함께 만들어주신 박시연, 이은성, 황지원, 전승훈 작가님께 깊은 감사와 응원의 마음을 전합니다. 또한, 표지 제작을 후원해 주신 이은성 작가님의 어머니이자 디자인 조이풀의 대표이신 안미정 님께도 진심으로 감사드립니다.

책방앗간 편집장

김대겸 드림

청소년의 다음 이야기를 위해,
후원으로 함께해주세요.

일단, 학원물

지은이 박시연, 황지원, 이은성, 전승훈
기 획 눈맞춤작가단
활 동 청소년자치공간 달그락달그락

편 집 김대겸
표 지 안미정
제 작 청소년자치연구소
총 괄 정건희

펴낸이 김대겸
브랜드 Teenmill
발행처 책방앗간
등 록 2023년 6월 21일 제2023-000001호
주 소 충청남도 서천군 장항읍 장서로43번길 46
홈페이지 bookmill.co.kr
전자우편 bookmill@kakao.com

ISBN 979-11-984554-2-0 (03810)

초판 1쇄 발행 2025년 9월 1일